U0045116

緣定黎夕

旭義公子

目錄

序：仙俠初現 ◎司徒畢（何志良） 〇六

一 緣定黎夕 十二 一

跋：深居簡出疫情時 ◎旭義公子 二七八

序　仙俠初現◎司徒畢（何志良）

從小就是個電影迷。

一九八三年，念幼稚園的我，在爸媽大手牽小手下，走進了電影院，看了一部徐克導演的《新蜀山劍俠》。當年，號稱率先引入美國好萊塢特效，轟動影壇。當然，當年所謂的「好萊塢特效」，以今天的目光看來，橫看豎看都是網謔所謂的的「五毛特技」。不過對於當時的我來說，已經是現象級（phenomenal）星球大戰級別的製作，已經足夠讓一個小毛頭回到家，模仿著戲裡的仙俠們拿著藤條當飛劍，興奮地和小夥伴們舞上一個月了。

之後就在牛車水媽媽常光顧的書店裡，看到了一整排的《蜀山劍俠傳》，才知道，原來讓我驚為天人的電影，竟然是改編自這套長篇巨著。翻了翻書才發現，除了「長眉真人」四個字之外，似乎整部電影和書裡的內容沒有半毛錢關係。很多年才知道，這就是所謂電影改編，其實也只是掛羊頭、賣狗肉的套路。

無論如何，通過《新蜀山劍俠》，我知道了，原來在熟悉的《西遊記》、《封神演義》這些神話之外，還有「仙俠」這樣存在。那是我第一次接觸「仙俠」類。什麼神魔大戰、佛道仙、修煉、長生、仙丹等詞彙進入到我的認知裡頭。再後來，才知道《蜀山劍俠傳》原來是套從一九三〇年開會，寫了十八年，數百萬字的「爛尾書」。

雖然爛了尾，卻絲毫不損它在文壇的「江湖地位」，什麼文壇巨匠金庸、古龍在《蜀山劍俠傳》面前都是「弟弟」。從《蜀山劍俠傳》借鑑而來的「仙俠元素」取之不盡，用之不竭。就算是在問世九十多年後，無論從世界觀、格局、創意來看，都絲毫不減其「一代宗師」的超然存在。

但是「仙俠」這書種卻在很長的一段時間裡，被後來居上的「新派武俠」掩蓋了鋒芒。這遺憾，一直到了千禧年之後，才有網絡三大奇書之一的蕭鼎的《誅仙》打破了現狀。《誅仙》通過網絡時代，打開了一個「仙俠」盛世，隨著中國影視業的發展，進入了另一個「大 **IP** 時代」，「仙俠類」更是成了中國流行文學的中流砥柱之一。接踵而來的是融合了其他網絡流行文學的種類，比如：霸道總裁、瑪麗蘇、青春校園等，各種的延伸、模仿、致敬，百花齊放也好，群魔亂舞也罷，成為了數以百億計的大產業。

誰敢說文學不賺錢！

諷刺的是，遠在南方的這最講經濟效益而務實的蕞爾小島，卻從來和這波文學浪潮經濟沾不上邊——無他，水土不服而已。在中文程度每況愈下的社會裡，連課文都看不懂了，更何況這是動輒數十萬字的「閒書」呢？慶幸的是，在網絡串流的時代裡，中國的這波影視大浪還是拍到了我們的海岸上。什麼《步步驚心》、《瑯琊榜》、《甄嬛傳》、《延禧攻略》等文學改編作品，開始在坊間興起，而仙俠類如《三生三世十里桃花》等電視劇，也憑著高顏值和討喜的CP[2]人設，開始吸引了一群從來不看中文影視作品的小島國觀眾。而這些影視作品也自然而然地吸引了不少觀眾去尋根，溯源朝聖，去接觸原著作品，成為讀者。以致圖書館、各大書店，長期都可見到仙俠類小說在暢銷排行榜上的蹤跡。

但是在本地小小的中文文壇裡，小小的市場，卻總是充斥著「我們小小島國的故事」，似乎島國以外的事，就不關我們的事。因此，在很長很長的一段時間內，本地文壇的作品種類真的很缺乏。武俠、仙俠類更是一片貧瘠，好多年裡，印像中只記得一部「新加坡第一部武俠小說」《天廚記》的出版。直到這一本《緣定黎夕》問世，大概可以稱為「新加坡第一部仙俠小說」了。

《緣定黎夕》其實非常符合網絡流行文學的審美趣味，作者應該非常熟悉，也非常清楚網絡文學裡的各種題材元素，因此在這部作品裡，你可以看到高顏值的陸清黎與臨夕的男女主 CP、也有初涉情場情竇初開的青澀；有曖昧卻無法逾越的階級純愛；有天界魔界的正邪大戰；有落入凡間修真歷的仙人，各種套路、各種橋段都可以在這部作品裡頭管中窺豹，儼然一部「仙俠」小百科一般。對於見慣大場面，被動輒數十萬字養大胃口的讀者來說，可能有如清粥小菜，但是對於初涉「仙俠世界」的新讀者而言，卻不啻為一部入門級別的仙俠作品，將你帶入進入奇幻浪漫的情境裡輕鬆一遊。

在書中，還可以看到一些隱隱約約的「現代元素」，絕對會讓人莞爾。開頭沒多久的一場殺人於無形的無情瘟疫，和現實中視萬物為芻狗的新冠疫情遙遙相對應；還有結尾處讓人拍案叫絕的一筆，誰會料到作者的妙筆生花，竟然將能將不食人間煙火的「仙俠」和風馬牛不相及的「避孕」聯想在一起，創作了一段相當匪夷所思卻過癮無比的情節。由此，作者的幽默筆觸可見一斑，也看得出作者不落俗套地將生活所見所感，化入作品中的巧思。

我相信這部作品只是作者「旭義公子」初試啼聲，小試身手，接下來，我期待的，是作者能夠繼續擴展這對「黎夕」CP 所處的仙俠世界觀，將「仙俠」的種子落在這一片曾經「荒蕪」的文學土地上。說不定，將來不只在本地文壇看到更多類似的作品，更能在電視、電腦、手機上看到屬於本地的「仙俠」IP 大作，在浩瀚無邊的串流世界裡發光發熱！

[1] IP：原指 Intellectual Property（知識產權），但也泛指一些成名的文化創意產權，包括文學、影視、手機遊戲等。

[2] CP：原是 Couple 的縮寫，指男女情侶。在資訊媒體的時代裡，不論性別或性向，「外界公認的情侶或戀人」，甚至被「外界期盼能在一起的兩人」，又或是「外界覺得很登對般配的兩個人」，也可稱為 CP。

序者簡介／司徒畢

原名何志良，斜槓中年、編劇、教師、影評人、偽文人。買書太多來不及讀，遺憾太多來不及補。不務正業之餘，努力不誤正業。廣東人所謂：「周身刀，無張利」，充分展現什麼是「jack of all trades, master of none」。不愛旅遊，因爲懶，家裡堆了一大堆的玩具，給自己貧乏的童年作補償。基本上，大俗人一枚。三十沒立，四十還在繼續惑，五十已在路上，生平無大志，混吃等死的墮落下去，也是種自由的選擇。

緣定黎夕

楔子

赤斷崖，金鼓鳴天，天界上空烏雲密布，罡風颼颼，飛沙亂石隨風形成一個又一個的小漩渦，魔君煉伏魔帝站在崖底，手持擊雷杖向上擊出一陣陣雷。站在崖頂的天帝雙掌發出一波波神火。雷光和神火互擊，黑茫茫的天空頓時亮了起來，藍色的雷和紅色的火，一時難分勝負。

天帝一身白色護軀麟甲此時已被刀劈過好幾回，白麟剝落，殷紅的鮮血從肩上和胸部多處溢出。天帝身後，殺聲四起，天兵和魔軍還在激烈作戰。慘烈的廝殺聲和哀嚎，已無法分辨是出自魔軍或是天兵。天帝咬著牙，催動神火向崖下敵人發去，身上的傷口隨著法力的催動，鮮血噴湧而出，白色的麟甲頓時浸濕成血衣。

天帝驚覺力道因失血過度已經逐漸減弱。察覺神火在減退，崖下魔帝伺機追打，加強雷光。藍色雷光直逼著紅色的神火，天帝感覺一股冷熱交替在掌中，自覺已無法堅持多時。而今，天兵已無援兵可使，究竟無路可退，到此絕境，天帝自知敗兵後果不堪，必須趕在自己完全失力前，擒下魔帝。

霎時，天帝縱身躍下懸崖，以迅雷不及之速，拔出寶華劍，直直刺向煉伏魔帝心處！煉伏魔帝閃過一瞥驚愕，擲擊雷仗，拔出腰間短匕還擊，刺中天帝右肩，天帝咆哮，使力將寶華劍穿透煉伏魔帝的身體，魔帝往後倒下。

天兵軍號聲轉變，天界勝。天帝在號角聲中，跪地閉眼喘氣，風，將其戰袍鼓升而起。

夕陽降生因緣起

藥王府內殿。陸清黎半倚窗前，手握著書，可已過半晌，未見翻過一頁。他定眼看著書的一角，發呆。藥王殿最心靈手巧的童子，了衣子，輕手輕腳地走近，給陸清黎添了茶。

室內飄著淡淡的茶香。

了衣子瞟了瞟這位藥王爺嫡子一眼，嘴角挑起笑意，說：「我說嘛，黎殿下，您已呆坐半晌，書也沒有翻，是不是擔心著那邊的情況？」說著，抬頭對紫晶閣的方向，噘了噘嘴。

陸清黎微微嘆了口氣，放下手中的書，看似漫不經心地端起茶杯。

了衣子見殿下不語，又接著說：「我剛才去蓮蓬池給秀麗軒送東西，路過紫晶閣，那裡現在可熱鬧了。司命院的良大司命在那裡候著，王爺差的穩婆子也在裡面六個時辰了，想必是快了。」了衣子抿著嘴竊笑。

陸清黎望向紫晶閣的方向。此時已接近酉時，九天上，雲彩已露出金黃色的淡淡光芒，甚是好看。

了衣子在旁蹲下，把桌前的燈點著，又整了整陸清黎脫下的鞋襪，接著說：「昨日，還聽王爺說天后這胎像極好，應該是個公主，這下，大家都盼著天帝天后的嫡公主降生。雖說秀麗軒的娘娘兩百年前就添了祥宜公主，但這嫡出就是不同，您說是不是？」

陸清黎聽到這裡，扭頭冷眼看了看了衣子。

了衣子看主子這反應，吐了吐舌，道：「啊，是了衣子僭越了。」說罷，手拍了拍嘴，臉上依舊嘻嘻地笑，毫無恐懼之色。童子知曉這主子是出了名的沒脾氣。

就在這時，了衣子看到紫晶閣上空出現了變化，興奮地指了指前方。陸清黎轉頭望去，紫晶閣上空雲彩換了景色，一道道紫霞灑滿了祥雲。

嫡公主出生了，他未來的妻子出生了。

紫晶閣外，人頭攢動，空氣中散發出一種莫名的花香。大家望向祥雲異彩，興奮地討論著。

紫晶閣內，議事廳，良大司命在掌中喚出仙格簿，提筆詳細記錄嫡公主的生辰和出生時段的異象。過後，他向守候在旁的裕司命吩咐了一番，就舉步至天壽宮稟明天帝。

天帝大悅，給嫡公主賜名彩瑤公主，因為在夕陽時分降生，小名喚臨夕。

紫晶閣內室，天后坐在榻上，室中央擺著一鼎香爐，燒著藥香。剛出生的幼女被柔軟的金絲被裹著，只露出一張粉嫩的小臉。天后憐惜地看著那張小臉蛋，微微笑著。臨夕公主彎彎兩道清晰的眉毛，一雙晶亮的眸子搧著長長的睫毛，小小卻挺拔的鼻尖，櫻紅的小嘴，上唇微翹，下唇飽滿，注定會長成美人胚子。

藥王殿內，陸清黎依舊坐在窗前，了衣子擺下東西，興匆匆地往正殿去了。

陸清黎不知此時作何感想。

五百年前，魔族挑起戰事，天族與魔族大戰，天帝親自掛帥，大戰三回後，在赤斷崖處斬殺了上任魔君煉伏魔帝。魔族戰敗，魔帝嫡子，祁連，率眾呈了降書。天界宣魔界為附屬地，封祁連為魔界之首。為了避忌先魔帝的名號，現任魔首，去帝號，以魔君自稱。

天族雖是凱旋歸來，但天帝挨了煉伏魔帝一刀，因為是魔刀所傷，傷及仙骨，傷勢慘重，經藥王爺施醫搶救才得治。藥王爺因救治有功，天帝在康復後大悅，於是賜婚，將未降生的嫡女許給藥王爺尚在襁褓中的嫡子，陸清黎。就這麼樣過了許多天年，天后前後生下了三個皇子，待嫡出的三皇子都已四百多歲，也不見天后再懷上。大家雖不說，但心裡都嘀咕著藥王府黎殿下的這門親事，多少認定天帝極有可能會把庶出的祥宜公主許予陸清黎。豈料三十天年前，天后再傳喜訊，藥王殿上下無不興奮，期盼的就是這嫡公主。

第二章 天帝賜婚先下凡

藥王正殿內，裕司命奉了良大司命之命，前來和藥王爺稟報公主降世。藥王爺和王妃囑咐了衣子讓陸清黎更衣，同去天壽宮向天帝賀喜。

陸清黎脫下白藍衣袍，換上粉色正服。因為在天界，五百歲已屬成年，了衣子給主子在腰間繫上紅金彩帶。

天壽宮正殿，殿內金光燦燦，天帝麾下前來賀喜的幾十個閣內仙官們互相寒暄問候、相談甚歡，熱鬧不已。待藥王爺一家來到，仙官們相繼和藥王家連連道喜。雖說是名正言順，也理所當然，少年陸清黎被這陣仗給弄得怪不好意思，只能一一躬身作揖道謝。

此時，麒麟祥號響起，仙幡翩翩，八個閣內的禮儀司氣派地恭迎著天帝駕臨正殿。仙官們旋即止聲，依各自閣位排好，長跪殿中。

天帝入座，笑臉盈盈地道：「眾仙卿請起。」仙官們井然站立在位。

司命院良大司命上前作揖，道：「賀天帝，天后喜得嫡公主。」

眾仙聞訊，齊齊道：「賀天帝天后喜得嫡公主。」

天帝笑臉迎迎地說：「謝眾仙卿。」天帝居高臨下，望著下首的仙官右側，說：「陸仙卿。」

藥王陸王爺出位，向上作揖道：「臣在。」

天帝說：「彩瑤臨世，我等，終能把舊時語諾兌現。」說罷哈哈大笑，藥王陸王爺也不禁露出燦爛的笑容。

陸王爺挽了半白的長鬚，回頭看了看兒子。

天帝接著說：「清黎，上前說話。」

陸清黎聽到自己被宣，不由得心裡震了震，但還是依禮上前作揖。

陸清黎道：「小臣在。」

天帝俯身向前說道：「近前來說話。」

陸清黎撩起衣袍，上前邁六步。

天帝仔細打量著陸王爺的嫡子，自己未來的嫡婿。陸清黎步伐沉穩，個子清瘦高挑，白皙光潔的面容，一對劍眉和方正的下巴像足了陸王爺，一雙明眸卻隨了陸王妃，簡單的白玉簪把烏潤的黑髮束起，端正又不失俊雅。天帝點點頭問道：「清黎已行『卓禮』不？」

卓禮乃仙家成年禮，在五百歲足時，奏報天帝，再請司命院在命格中註上一筆，為禮成。卓禮成後，可封仙官和行婚配。

陸清黎作揖，如是答道：「小臣，年前已行卓禮。」

天帝接著問：「清黎現下課業如何？」

陸清黎著實答上：「小臣，拜家父之下研習藥理，又拜朱雀閣之下學習星宿。」

天帝這些年來，素聞這位準婿天資卓越，自小隨藥王學醫，三百歲幼齡便通達醫理，後來還拜在朱雀閣，羅時老君門下，學習星宿——這小輩仙家中的佼佼者。天帝對於這般優越的準婿雖滿意，但這麼多年來嫡女未誕，總不免覺得虧欠了陸卿一家，所以在天壽宮正殿中也從未曾提起清黎。而如今盼來嫡女，天帝慶幸能還藥王家一個交代。

天帝喚來座前禮儀司，說道：「封，陸清黎為齊楠公，賜府邸陽正樓。」

齊楠公乃公爵位，這類爵位通常只封給戰功輝煌之將，論仙家制度和藥王爺也不過相差三個位分。陽正樓建在素霄花海邊上，樓高九層，與紫晶閣遙遙相望。天帝如此安排，顯然是日後彼此相見做好盤算。

藥王聽到封賞，揚了揚眉，轉念一想，又皺了皺眉頭。未待藥王和陸清黎表態，禮儀司便上前作揖道：「啟奏天帝，齊楠公爵位殊勝，但陸殿下年紀尚輕，尚未對天庭有功，臣以為可再斟酌。」

陸清黎依舊低著頭，原地不動等著天帝發話。

藥王爺見天帝不語，上前說：「臣亦認為，禮儀司所言甚是。況且清黎不日便要下凡間歷練五百年，此封賞恐怕不合時宜，惟願天帝再斟酌。」藥王爺雖然身居要位，但也擔心天帝如此厚待會惹眾仙家非議。

天帝手指點著案上，思索半晌，說道：「既如此，就等清黎從凡間歷練回朝，待彩瑤卓禮後，再一併完婚與封爵。」

禮儀司應道：「天帝如此安排甚是妥當。」禮儀司轉向藥王欠了欠身，高聲道：「恭賀藥王爺。」又轉向陸清黎賀道：「恭賀陸殿下。」

眾仙家齊齊賀道：「恭賀藥王爺。恭賀陸殿下。」

藥王爺、王妃、陸清黎跪叩，拜謝聖恩。

翌日，藥王府上不勝熱鬧，畢竟藥王爺素來為人謙和，親自登門祝賀的仙友和被派來送賀禮的仙史，不僅將府邸前負責通報的仙童門子忙得團團轉，賀禮也幾乎堆得前殿難以穿行。了衣子因為是陸清黎的貼身侍者，不必在前殿伺候，反而躲進陸殿下的內室，樂得清閒。陸清黎一向好靜，於是也樂意在房內待著。主僕倆研究著剛從仙山下搜得的靈芝草。

此時，祺皇子闊步踏入陸清黎的室內。

祺皇子是天帝嫡出的三皇子，也就是剛出生的夕公主的親皇兄。祺皇子和陸清黎同歲，自小就與他走得近。祺皇子由於出生時神獸百鳴，所以真名為馴祺。祺皇子身形魁梧，配著一張剛強俊美的臉孔，又耍得一手好神鞭，是年輕女仙夢寐以求的對象，但礙於他的身份，女仙們也只能發乎情止乎禮，莫敢逾越。同樣是顏容姣好的陸殿下，是天帝的乘龍快婿，更是無人敢對他有何遐想。

祺皇子說：「我說呢，人逢喜事精神爽，你怎麼躲在屋裡？」說著，挨著殿中的矮椅坐下，挑起茶壺給自己添了一杯茶，像在自己家一樣自在。

了衣子笑笑地朝祺皇子欠身作了個揖，稱呼了聲：「祺皇子。」說罷，識趣地拎起茶壺退了出去。

陸清黎放下手中的靈芝草，掃了掃手中的殘土碎沙，拿起茶几上的帕子拭了一下手。

陸清黎微微笑著答道：「誰就躲著了，我不就是閒人一個，在自家自修，怎麼就叫躲了呢？」

祺皇子哼哼笑開了，說道：「我們的陸殿下是閒人？莫給人笑話了，現在，誰不知殿下不久就要封爵，又要迎娶天帝嫡女，怕是要沒閒暇時間咯。」

說到此處，陸清黎的臉不自覺地微繃，不說話。

祺皇子看了看陸清黎，悶了半晌，說：「怎麼著，以前皇妹未出世，我還為你擔心這姻緣沒著落，現在皇妹真真來了，你莫是不樂意？」

陸清黎跪坐在皇子對面，整了整衣袍，手指撥弄著茶几上柳意梅的花。半晌，陸清黎才答話：「怎敢不樂意，天帝賜婚，做為臣子只有遵從的分。」

聽罷，祺皇子還是不予甘休，緊接著問：「我怎麼聽著，有點怨氣？你是知道的，我那天帝老子和母妃就那麼一個嫡公主，肯定是如珠如寶，待日後，你把她娶進門，藥王府將來可是更不得了了。」

陸清黎挑了挑眉，說：「什麼不得了。我們藥王府本就是負責天庭醫事，這是本分，還要光耀門楣做什麼用。」

祺皇子仰著頭，頓了頓，說：「那倒是。不過這門親事總算是定下了。我剛到母妃那請過安，見了見我那皇妹，嘿，標致得很，你放心。」

陸清黎看了祺皇子一眼，說：「我幾時為此事擔心，天后是百花仙子出生，她的女兒，肯定不一般……」陸清黎猶豫了一陣，制住不把話說完。

祺皇子俯身向前，急急問道：「但是什麼？快說！」

陸清黎抿了抿嘴，淡淡地說：「就不知是一個怎麼樣的人，可否與我相伴年年月月漫漫仙壽。」

祺皇子拍了拍手，哈喝笑道：「我還以為你擔心個什麼，我那皇妹才幾日大，你還要等個五百天年才能娶她進門，你就用五百年來慢慢了解，不就得了嗎？」

陸清黎答：「祺兄，莫是忘了清黎明日就要動身去凡間歷練五百年嗎？」

祺皇子恍如如夢初醒般，拍了自己的額頭，說：「哎，我怎把此事給忘了。」

祺皇子頓首，道：「再說，我們天界仙壽過萬年的佔大多數，不了解，就用這萬萬年來了解吧。」祺皇子拍了拍胸口，接著說：「也罷，這五百年，兄弟我就幫你看緊這小妹子。」

陸清黎咧開嘴笑，兩手作揖道：「那就多謝兄弟了。」

晚上，內閣禮儀司登門拜會陸清黎，要他臨行前，給夕公主贈一件物品做為信物。一般在顯赫仙家的婚前，信物是婚期前三十天年由準新郎送出去的。但次日陸清黎就需要下凡，司儀處唯恐陸清黎回天界後就馬上要舉行大婚，會有點倉促，所以現下就提取這信物。

回到自己內室，陸清黎想了想，從頭上撥下一支白玉簪子，從架上的白芷藤拔下一片圓形嫩葉，又取來一小撮軟綿的棉花。陸清黎小心地把藤葉和棉花擺在白玉簪的一頭，又在上面催動法力，輕輕點了個圈，藤葉和棉花化成一片彩雲依附著一個太陽的圖形雕飾。陸清黎又仔細地調了調彩雲和太陽的色調，太陽在燈下閃閃晶瑩，雲彩透著一點紫藍色彩，甚是別緻。接下來，陸清黎又在掌中幻化出一個楠木盒子，裡頭鋪上一層紅色綢緞，再把彩雲附日簪子小心輕放到裡面。他微笑滿意地合上盒子，喚來了衣子遞送給禮儀司。

第三章 凡間行醫五百載

翌日，陸清黎和了衣子辭別藥王爺、王妃，前往通凡境。

仙家不一定需到凡間歷練。若本來就來自凡間、凡胎出世後修道成仙的就不必。仙家的後裔也得看修行的項目才決定是否要下凡歷練。但是醫藥、農諺本科生幾乎都會在卓禮後自動下凡歷練。星宿、禮教、神器等本科生多半不會選擇下凡歷練。歷練時間長短又不一定，通常由自家師父決定。陸清黎自小學醫，又是天資非凡，因此藥王寄予厚望。況且凡間病苦甚多，藥王因此希望陸清黎下凡五百年把醫理好好實踐，待日後方可報效天庭。

通凡境乃仙家入凡和返回天界的必經之地。此境由太烏仙人把守。太烏仙人身著灰白道袍，一頭銀白髮，又蓄著一把同色長鬚，兩道眉頗長，是一千年前從凡間伏懿山修仙得道的仙家。此境在九天南邊一處懸崖邊上。雖知此處是高處，但崖邊層層彩雲覆蓋，竟看不到崖底。

陸清黎和了衣子到通凡境時，看到太烏仙人一人坐在案前，一手撐著頭，一手握著書，案子旁的人般高的鳥獸形香爐正燒起裊裊香煙。

陸清黎上前作揖道：「小仙陸清黎，拜見太烏仙人。」

聞聲，太烏仙人猛地抬頭，並把手中的書放下說：「喲，陸殿下來了。」陸清黎眼角瞄了瞄他手中的書籍，竟是《伏懿山太烏真人傳》。陸清黎笑想，「莫非太烏仙人正在閱讀凡間後人撰寫他的得道過程？」

太烏仙人繞過案子，對著陸清黎抱拳作揖。太烏仙人請陸清黎到案子前坐下，又說道：「司命院早下了文書通知老夫，陸殿下今日下凡歷練，老夫就在此等候著。」說罷，他在案上取了一份文書。太烏仙人攤開文書在案上把它撫平，又取了一只筆在文書左下角寫了今日時辰，又在掌中喚出印章，在書寫處重重地蓋上。太烏仙人接著把文書遞給陸清黎，說道：「這是司命院出凡記錄，請陸殿下過目。」陸清黎看了文書上清楚地列下自己的名字與身份、下凡歷練的日期和時長、連隨身的仙童了衣子也沒有漏。陸清黎看完，點了點頭，站起身來，把文書遞還給太烏仙人。

仙人笑盈盈地把文書摺好，說：「殿下下凡後，此書老夫會送至司命府存檔。殿下下凡乃歷練，若不小心露了身份給凡人瞧見就不好了，凡人但凡真看到神仙，嘿嘿，會害怕。所以老朽會將您的仙法暫時封印。」說罷，自懷中取出一把竹扇，輕輕在陸清黎右肩膀拍一拍。老仙人說：「成了。」

陸清黎驚訝於仙人簡單的一拍，自己也沒發覺有什麼不同，自己的仙法就被封了。

太烏仙人又從案上拿了一份文書遞給陸清黎，說：「殿下下凡後，請把此文書帶至地仙廟，在爐前把它焚化，當地的地仙會替您通報凡間所有地仙府，有天仙下凡歷練。如有何需求，也可到地仙廟，地仙當竭盡所能幫助您。」仙人見陸清黎不答話，問：「不知殿下下凡前，可有什麼疑問？」

陸清黎說：「小仙沒有什麼想問的。仙人可有什其他吩咐嗎？」

太烏仙人挽了挽白鬚，若有所思，半晌後才道：「老夫飛升天界已一千年有餘，不知老家伏懿山上觀中此時是何種情況。」陸清黎會意點了點頭，道：「小仙素聞凡間伏懿山特產哩麻草，其根莖對癲癇有奇效，小仙定要去此山走訪學習。」

老仙人聽陸清黎這麼說，笑得只眼瞇成一條線。

太烏仙人親切地牽了牽陸清黎的手，說：「時候也不早了，殿下這邊請。」

在旁的了衣子望了望崖邊，面露懼色問：「我說呀，太烏仙人，我們莫是要往下跳才能下凡嗎？」

太烏仙人騰出另一隻手把童子的手也挽起，三人步向崖邊，說：「您就只管向前方走便是了。待回天界時日到，請當地地仙指給你回天界的路。」說罷，雙手作揖向陸清黎道別。

陸清黎望了望崖邊，沒有猶豫，直直走向前，人一瞬間消失在雲彩中。了衣子見自家主子頭也不會就走了，急了起來，喊道：「殿下，殿下，等等。」 提步追趕上去，一瞬間也跟著消失在雲海中。

第四章 時疫無根百六三

凡間第十四年。

了衣子把門關好。他坐下，雙手托著下巴，對著在看書的陸清黎悶悶地說道：「公子，我們真的又要搬家嗎？我覺得這裡挺好的。醫館的廖醫師對你是真真好，醫館的廚娘燒的飯菜又香，比起源德、風陽、魯英台、饃谷，這些地方都美味。」

在凡間懷粵縣城化名為旭公子的陸清黎放下手中的書，答道：「我們在此處已有五年，採集的醫例也應該齊全了。」

「公子說走便是吧。」了衣子自知說不動主子，喪氣地說。

陸清黎望了眼了衣子，語帶笑意道：「你這葫蘆，在這兒五年，就胖了五年，再待下去還得了？」

了衣子嘻嘻笑，摸著圓鼓鼓的肚子說：「葫蘆就要有個葫蘆樣嘛。」

陸清黎無奈地接著說：「別磨磨蹭蹭的，趕緊收拾好行囊，我們天亮就離開。」

翻了一頁書，陸清黎似乎想起什麼，問道：「那個《懷粵藥籍》給地仙處燒了嗎？」了衣子答道：「公子，我回來前的路上就辦了。」陸清黎點點頭，說：「懷粵地區氣候炎熱潮濕，這裡患濕邪病的人不少，希望我們試用過的處方，後人可以獲益。」

夜晚，陸清黎和了衣子被急急的敲門聲給喚醒。了衣子睡眼惺松地開了門，門外竟是醫館的小斯，松二。松二似乎是一路跑來，上氣不接下氣，額頭上豆大的汗珠在月光下閃閃發亮。了衣子問道：「發生什麼事呀？」松二喘著氣說：「半夜醫館突然來報病的人多了，我家醫師看情況不好，讓我來請旭醫師去一趟。」

陸清黎這時已披上外袍，說：「好，你先回去，我這就過來。」

松二點點頭，又往回跑。

陸清黎喚了了衣子把醫包提出來，自己先往醫館的方向快步走了。

到了醫館後，發現候診的地方如松二所說，擠滿了人。陸清黎向內一走就被一位病人認出來，拉著他的衣襟喊：「哎呀，旭醫師你可來了，趕緊來瞧瞧我家老徐，他燙得

三十四

厲害。」大家聽到有人喊了醫師，都開始起哄，紛紛搶著要旭醫師先看看自己的家人，頓時候診間亂了起來。

陸清黎提高聲量說：「你們別慌，都坐好，待我和廖醫師商量。」了衣子上前給陸清黎開了路，讓他步入診室。

診室內，廖醫師正在為一個病人把脈。病人是名壯漢，此時臉色紅通卻唇間泛白，額頭出了許多汗，陸清黎在側便已感受到他一身熱氣翻騰，高燒不止。病人還捂著肚子，面露痛苦之色。

陸清黎翻了翻廖醫師身旁的案表，赫然發現此病人竟是廖醫師今晚門診的第十一位病人，外面估計還有十幾位，難怪要派松二來支援。十一位病患皆是發燒暈眩之癥，有三人還嚴重泄瀉與便血。

廖醫師快速地在病表上書寫，接著喚來松大，說：「之前的，再煮上三十份，天亮時叫松二到山上採一籮筐新鮮笨草。」

病人被松三扶著出去。

陸清黎問道：「廖老，您看這是什麼？」廖醫師從容答道：「今晚的病患大多是燥邪，且都同個時間發病，很是蹊蹺。」整理著病表，接著說道：「這病來得快又猛，還有三位便血。我讓松大煲著綠骨草和甘片，看能不能先把熱氣散開。待早上採到笨草，給剁成泥，外敷散熱。」

陸清黎點點頭，喚來了衣子說：「你讓廚娘給煮一鍋粥，粥水要多，把稀粥水發給泄瀉之人。」了衣子應聲出去。

突然診室外有人大聲嚷嚷：「孩子他爹啊，你是怎麼了！」

陸清黎掀開診室的簾子，一個男子倒臥在地，臉部朝上，鼻孔和嘴角皆滲血。候診室的人看到後不由得又慌亂起來，有人大喊不好，有人大聲哭叫。松三和松二兩人連忙把倒臥的病人抬進了診室。

陸清黎抓起男子的手腕探脈，竟摸不到脈象。陸清黎眉頭一緊，伸手在病人頸處再探，也是一樣，毫無脈象。病患身邊的婦人一隻手摀住嘴悶聲哭泣，一手緊緊握住男子的手臂。

男子的身體依然灼熱，臉上的血還未乾，意識卻已開始散去。這時，陸清黎看到男子頸項有一小團紫黑之處，便掰開男子衣領，赫然發現肩骨下的皮膚都是一圈圈的紫黑。撩起男子的衣服，發現腹部紫色瘀塊竟有五指寬，陸清黎屈指在腹部按下，腹部偏硬。

陸清黎心想不妙，卻深怕驚擾了外面已經慌亂成一團的病患和家屬，他輕聲喚了廖醫師過來。

廖醫師和陸清黎一起查看男子腹部，又檢查了男子的背部，兩人的臉都露出難色。

廖醫師搖了搖頭，轉身告訴婦人：「節哀。」婦人得知噩耗，便開始放聲嚎啕大哭。松三和松二從後方取來一大塊布快速地把逝者裹起再抬到屋後。

診室內，只剩下廖醫師和陸清黎，兩人在案前坐下。

陸清黎說：「廖醫師，依在下看，這病像是時疾，但發病速度卻快得詭異。我看這逝者身上瘀塊是體內充血。敢問醫師，本縣過往可有此病例？」

廖醫師搖搖頭答：「老夫行醫四十載，未曾見過這情況，現下除了逼退熱氣和止瀉，還真是束手無策。」

陸清黎又說：「依在下淺見，如果是時疾，是否暫時把患者先撤了，避免人多密集在一處。我們再吩咐把散熱的藥給患者送去？」

廖醫師點頭贊同，說：「只能暫且如此。」廖醫師喚來松二和松三讓他們把外頭的人給撤了，又叮囑了松大一會兒。

一連幾天，時疾並未見好，發病者逐日增加，發病三日後暴斃者也突增，幾乎佔了三成。已通知官府此地發生時疫，獲通令下達全城閉門，如有人此時離世，一律出城焚化，不得留守。昔日熙熙攘攘的大街霎時變得靜悄悄，家家戶戶門窗緊閉。不時還聽見哀嚎聲四起，雖未有人掛起喪白燈籠，傳出的陣陣哭聲卻已告知眾人，時疾又奪了人命，不得叫人心寒。僕役不時還會推著板車將屍體推到城外焚化，板車拉過街上板石發出叩咯叩咯聲，聽起來格外刺耳。街上也偶爾出現被家人抬到門口等死的人，這些人最後也由醫官抬至醫館後院臨時架起的棚子裡接受治療。

廖醫師和陸清黎自時疫爆發後，便不眠不休地往城裡為病人看診送藥。回到醫館，陸清黎和了衣子褪去外袍，了衣子把外袍丟進井邊的大桶裡，再提了壺熱水淋上去。松大在火盆裡點上一把乾摩草，陣陣灰煙熏滿醫館的診室。陸清黎在案上研墨寫信，褶好封起，把了衣子喚了來，低聲說：「你拿著醫牌，上街去，把這封信給地仙廟燒去。」了衣子見事急，話音未落的「好」都來不及說，便轉身而去。

了衣子在懷粵縣住了五年，這是他第二次進懷粵地仙廟。第一次，就在不久前。他本來計劃在離開懷粵的前一日，才到廟裡把《懷粵藥籍》給燒了。雖然下凡前，太烏仙人曾說遇事可以到地仙府需求幫助，但他們頭一年到凡間的第一站，源德鎮，因為初到凡間就給地仙捎了信，當地地仙三天兩頭就登門造訪，唯恐天仙下凡，招呼不周，搞得陸清黎和了衣子不勝其煩，所以自此之後，他們每離開一地，都是不告而別。到了一處新地，又換了名字，也不通知當地地仙，直到要離開的一日，才到地仙府把逗留期間寫的藥籍給燒了寄往藥王府。這樣一來，就免和當地地仙無端客套。

懷粵縣的地仙廟不大，就在城門左拐第三條街上。看這廟的外觀就知曉這廟也有些歷史了，廟前的匾額寫著「集福宮」。了衣子跨過門檻，來到廟前的大爐前，深深地鞠了個躬，從懷裡取出陸清黎寫的信。這幾日怕是無人前來燒香，大爐竟是冷的。了衣子借了爐旁的火石把信點燃，燒在爐中央。了衣子看著信紙完全化了，又向廟內鞠了一個躬，才離開。

當日傍晚。陸清黎在醫館的診室內整理著今日的病例。突然外頭來了人，喊：「有人在嗎？」了衣子掀開診室的簾子，看見門外站著一個身穿錦衣的老婦。

了衣子一下子懵了，急急問道：「老人家，您這是哪裡來？現在官府不給出門，您得快快回家去。如要問診，留下名字，我讓醫師過來。」

錦衣老婦拄著一根拐杖，一臉和藹說：「老身從『集福宮』來也，大人不是要見我嗎？」

了衣子聽到「集福宮」就明白了，連忙把老婦請進診室。

老婦一進門看見陸清黎，身子一欠就要給跪下去。陸清黎連忙上前扶起老人家。

錦衣老婦怯聲怯氣地說：「『集福宮』宮主，夏氏，給大人問安。」

了衣子忙給老婦提了張凳子坐下。他望了望診室後，爐上還燒著四鍋藥，松大坐在石級，手裡握著竹扇，一手撐著頭在打盹。松三在院子後的棚子裡給病人餵著藥。

陸清黎坐下，說：「宮主休要客氣，清黎請您來，是為了詢問時疫之事。」

老婦整了整衣袍說：「是，是。不知大人想要知道什麼？」

陸清黎問：「這『時疫』來得蹊蹺，宮主可知其緣故？」

夏氏答：「老身在此地已有百年餘。此地沃野千里，泉水明清，幾代人在此地耕耘，雖不特別富饒，但勝在民風樸實，少有失德之事。七年前，夫子山有人發現礦石，由於夫子山立於兩個縣中，以北屬懷粵，以東屬懷寧。兩地為爭礦石引起爭端。兩地最大的水源在懷粵，於是乎，有懷粵人擅自把懷寧的水源給堵了，懷寧的水源頓時被切了。懷寧缺水，田地枯乾，家畜死淨，長期下來，懷寧人無計可生，有能力者，離鄉另求出路，無能力者，則賤賣田地，變賣妻兒，只求取溫飽。那年，仲夏酷熱，水雨不多，有好多人活活被熱死、餓死，可謂生靈塗炭。」

陸清黎聽了，又問：「這樣官府豈能不理？」

夏氏答：「懷寧與懷粵兩府協調不成，懷粵府又是皇帝遠房親戚，本來就囂張跋扈，自是動不得。懷粵人堵泉水一事，懷粵縣爺雖知曉，但利益當前，也故意不加理會，縱容他人生事。後來懷寧府奏本上庭，不巧遇上皇帝遷都，無暇理會此事，還吩咐懷寧自行打理。」

了衣子聽到這裡，憤憤不平地說：「豈有此理，怎可棄民於不顧？」

夏氏嘆了口氣，接著說：「後來，懷寧縣爺因無力護民，愧疚於心，竟自己撞死在石礦裡。」

陸清黎和了衣子聽到這裡都驚呆了，說不出話來。雖然曾聽聞夫子山石礦之事，但不知裡頭竟有那麼多內情。

夏氏接著說：「懷寧縣爺死後，往陰司府告去。懷寧縣地仙，鄺老夫子也奏本天庭。這些年過去了，今年……」她嘆了口氣，接著說：「懷粵卻是要壞了。」頓了頓，夏氏接著說：「十日前，老身宮裡來了位方姓天史，發了通令文書，要降災，拿懷粵一百六十三條人命。時疫，就這麼來了。」

陸清黎不語，似乎是在思索著什麼。凡間的命格乃司命院管，如果是降災改凡人命格，必然也是司命院下面的官史。因為他未正式封為官，因此這位負責降災的方姓天史，他自然不認識。

夏氏說：「老身雖知天命難違，但是身為這裡的地仙，職責之一是佑護本縣人民，看著縣裡的人民有病有死，著實不忍。」

陸清黎點點頭，說：「如是天命降災，實屬無法違抗、避免。」

半晌，診室裡無人說話，夏氏慢慢站起來，說：「老身這就回宮了。」陸清黎站起，送了夏氏出門。老婦步出醫館門口，一瞬間隱了身，幻化虛空。

了衣子站在陸清黎旁邊，說：「公子，那現在該怎麼辦？」

陸清黎神情凝重，吸了一口氣，又慢慢吐了氣，說：「天意難違。」

陸清黎進入診室，查看了病例，醫館知曉的過世病人有一百四十一人，應該還有一些沒就醫就離世的，所以資料有些不完整。陸清黎讓了衣子取來一件洗過的外袍，戴上醫牌，準備向縣府詢問去。他讓了衣子留在醫館幫松大，松三，自己出了醫館。

縣中有閉門令，所以街上一個人影也沒有，陸清黎快步走在街上都覺得格外冷清。路過城中蓮池時，便遠遠看見石橋上站著一個人，陸清黎看到後，深感詫異。漸漸走近，才發現橋上站的是一個女孩。女孩個子嬌小，約莫二八年華，身穿碧綠衣裙，腰間繫著珠光白色絲帶，頭髮分成兩邊，綁成鬆鬆的垂髻。她臉頰圓潤，五官清麗，閉著雙眼，嘴唇在動，似乎念念有詞，兩隻手掌鼓起併攏握在胸前。這時，女孩突然睜開眼睛，鬆開雙掌，有幾隻極小的東西從掌中飛出。

陸清黎還沒來得及反應，女孩就突然幻化虛空。

陸清黎回到醫館時，廖醫師和松二也已出診回來了。他向廖醫師匯報縣府目前的死亡人數記錄，數目已高達一百五十五人。

陸清黎心裡盤算著，如果依夏氏所說，要拿下一百六十三人，那接下來還要死八人，這場時疫才會結束。那接下來他們所能做的，就是保護好其餘的人不受更多的傷害。

陸清黎腦子裡反覆想著橋上女孩的動作，難道這就是降災的動作？又再猜想從她手中飛出的東西。突然，茅塞頓開，原來，這個時疾是藉由飛蟲傳播！

心裡有了這個結論，陸清黎當然無法把事情的由始全盤托出，也一字不提他在蓮池旁所見的。陸清黎向廖醫師提出他覺得飛蟲傳播疾病的可能性。廖醫師幾日奔波下，面露疲態，陸清黎的見解雖然新，卻存在著可能性，值得好好思量。廖醫師透露此地約二十年前曾有過瘧疾，人在被飛蚊叮咬後出現發熱，腹瀉和嘔吐等症狀，但卻沒有此次時疾出血的症狀。眼下，能用的藥方都用上了，如果時疾源頭真是飛蟲，只要能防止飛蟲靠近，就有可能把整個時疾緩解下來。他們兩人提著燈籠，到園子後的棚子裡，仔細地查看病患的身體，的確，幾乎全部都有被蚊蟲叮咬過的痕跡。

廖醫師在案上快速寫了封信，差松二把它送給縣府。松二臨走時，又被廖醫師叫了回來。廖醫師在園子後拔了幾葉盆子草，在掌心中搓揉成泥，把青泥塗在松二的手，臉和脖子上。盆子草是當地常見的一種攀岩植物，盆子草葉面小，曬在太陽下會自然彎曲成一個盆子狀。盆子草的花呈紫籃色，無毒，可食用，當地婦人常把盆子花搗碎，擠出汁來做糕點時添色用。盆子草的葉子碾碎時有一股魚腥味，塗在皮膚冰冰涼涼的，有驅蚊蟲的作用，但不好聞，所以也很少人用。

陸續幾天，家家戶戶籬笆上的盆子草葉子幾乎要被扒光了，大家臉上、脖子，露在衣服外的地方都塗了一層綠色。後來，被飛蟲叮咬的人少了，新報病的人也跟著少了，醫館裡上上下下，終於可以鬆口氣。

那些已經得病的人，兩位醫師也只能竭盡所能用藥逼退熱氣，緩解腹瀉的不適，但一碰到出血的案例，幾乎是完全無法救治，只能聽天由命。

陸清黎一直留意著因時疾而亡的人數，每隔一日便親自到縣府打聽報戶的情況。每每經過城中蓮池，他都會不經意地放下腳步，想起那日看到的女孩。

時疾發病第十日的申時，陸清黎又獨自往縣府一趟。陸清黎經過蓮池，抬頭發覺那女孩又出現在橋上。這次她的左手中握著一個竹筒，口中念念有詞，右手在空中揮動著。一剎那間，許多細小的飛蟲在空中盤旋，那麼多飛蟲同時在一處，空中「嗡嗡」聲不絕。女孩突然兩指朝竹筒指去，飛蟲像一股灰煙往竹筒裡鑽，女孩把竹筒蓋好，又像上一次一樣消失。陸清黎隱約知道，時疫此時應該是結束了。

那日，縣府報因時疾而亡的人數：一百六十二人。

第五章 兩縣恩怨此化解

陸清黎回到醫館查看病例，醫館後院的棚子已清空，康復的病人都送了回家。昨日和今日在家的病人大多已經恢復得差不多，已無彌留病患。陸清黎還在想，莫不是縣府的資料有缺？

傍晚，陸清黎和了衣子回到自己的屋子。兩人洗漱畢，正要準備好好補眠，門外傳來敲門聲。

了衣子，聞聲應門去。「集福宮」夏氏笑盈盈地立在門前。了衣子客氣地把夏氏迎進來。

陸清黎見到夏氏，問道：「夏宮主，夜裡到訪，莫非有什麼急事？」

夏氏溫和地答道：「多虧大人幫助，時疾現在已緩解，老身特來向大人道謝。」

陸清黎說：「宮主何須道謝。此乃天降時疾，我也只能在能力範圍內避免更多人受到不必要的波及。對了，有一事想向宮主求證。」

夏氏急急答：「大人有何疑問，提出便是。」

陸清黎問：「您說的方姓天史可是一個女孩？」

夏氏答：「不是的，大人。那日來的方天史是個年輕男子，身著黑衣，一臉嚴肅，讓人不敢靠近。但，他身邊的確帶著一個女孩。女孩有十幾歲大，臉頰圓潤，五官清麗，甚是好看。」

陸清黎點點頭，說：「那便對了。」

夏氏不明所以，等著陸清黎說話。

陸清黎接著問：「自發通令那日後，可曾再見那方天史？」

夏氏搖搖頭說：「老身就見了那方天史和那女孩一次。」

了衣子給夏氏和陸清黎續了茶。

夏氏喝了口茶，放下茶杯，開了口卻像是在猶豫什麼，又沒有說話。

陸清黎見了，微笑地說：「夏宮主是有什麼要說的嗎？」

夏氏笑笑說：「此天降時疾，原由懷粵人擅自堵了懷寧的泉水，才遭此橫禍。老身想，可否由大人出面讓人把泉水放返懷寧，一來，斷此惡事，二來兩縣修和也可造福後人。本不該勞煩大人，但懷粵縣爺頑固，老身多次託夢囑咐於他，皆不得要領，所以想託大人再幫懷粵人一次。」

陸清黎垂眼不語，靜靜思量片刻，說：「這不逆天道、不違人理，可行。」

夏氏聞言大喜，站起來一骨碌跪下給陸清黎磕了一個響頭，了衣子連忙把她扶起。送走夏氏，兩人一夜好眠。

❁

翌日，陸清黎到縣府拜見懷粵縣爺。劉縣爺年過六旬，常年豐衣足食，養得肥頭大耳，腰粗氣短，明顯的營養過盛。劉縣爺雖然不屑與市井小民談話，但盆子草防疫的藥方來自醫館，因此醫師還是有幾分用處。

劉縣爺和旭醫師客套一番後坐下，下人奉上茶水。

劉縣爺說：「老夫已上奏皇上吾縣成功抗疫，也把盆子草防蟲藥方呈上去。不日，聖上一定會龍顏大悅，嘉獎吾縣。」劉老爺講到這裡，捧著圓肚呵呵笑，想著還未封賞下來的官銀。

旭醫師適宜地說：「我等為本縣抗疫成功深感欣慰。」

劉縣爺看旭醫師不多話，心裡猜想「莫非醫師是討賞來的？」劉縣爺舉起茶杯，眼角瞄了瞄旭醫師，臉色稍有變化。劉縣爺喚來師爺，在師爺耳邊小聲吩咐了一些事，師爺瞇眼，笑了笑，點了頭，然後退了下去。一會兒，師爺捧著一個小檀香盒出來。

劉縣爺說：「昨日吾友自金里城來，送了這個錦盒。我看醫師一表人才，這錦盒甚是適合你。」說罷，劉縣爺笑笑向旭醫師抬了抬手，師爺把盒子呈在旭醫師面前，又似有深意地慢慢將盒子打開。盒中竟裝著兩錠金燦燦的銀子！

雖然旭醫師被劉縣爺的舉動搞得有點錯愕，但他仍面不改色地伸出手把盒子蓋上，然後說：「承蒙劉縣爺厚愛，依小民看來，此檀木盒子，紋理清楚，檀香濃郁，雕工精美，著實是個極品。但無奈在下區區庸醫一名，不日就要離開懷粵南下遠行，身邊也僅帶著一小童，所以行囊非常清減，這錦盒就不能拿了，小民在這裡只好謝過縣爺的美意，小民定當銘記在心。」

劉縣爺挑了挑眉，揚了揚手，師爺識趣地拿著錦盒退下。劉老爺沒見過有人對銀子推搪，心想，難道這醫師嫌銀子太少？

旭醫師淡淡一笑，說：「小民素聞縣爺愛民如子，慈悲為懷，樂善好施，是懷粵人士的表率。」

劉縣爺被讚得飄飄然，不管是真是假，他聽得順耳便是樂開了懷，咯咯大笑，鼓鼓的肚子抖得厲害。

旭醫師見招式得法，接著說：「小民聽聞懷寧縣常年缺水為患，小民斗膽建議吾縣引泉水支援，這樣一來，一可彰顯吾縣仗義，體恤鄰縣，二來懷寧人士受惠於懷粵，將來代代必歌頌懷粵大德。」

劉老爺聽了，一對小眼眨了眨，心想這位旭醫師從外縣來，一定不知道懷寧現在的慘狀是因為當初懷粵堵了水源才缺水。再想深一層，石礦過去七年已被採得七七八八，所以水源之事，現在放下也無不可，如果還能趁機圖個美名那自然更好。

劉老爺暗暗一笑說：「好主意！」

陸清黎告別縣府時正是正午。炙熱陽光照得兩眼都睜不開。想起剛才一番巴結那縣爺的話語，自己心裡又起了疙瘩。

過了七日，劉縣爺挑了一個黃道吉日，召集眾人到懷粵泉水源頭。當初水源被堵，他也算是個始作俑者。但是時間久了，劉縣爺估計大家也已淡忘過往這些事。如今有機會營造一個宅心仁厚的形象，他自然不會放過。行事一向招搖的縣爺，在泉水處搭了大棚子，廣施齋食，還親自為眾人勺米糧。

陸清黎和了衣子站在山腳一處望著如此「盛況」，陸清黎不禁搖搖頭，了衣子更是憤憤不平地直跺腳。

吉時一到，劉縣爺拿著綁了紅布的大錘子走到泉邊，在眾人喝彩中，吃力地舉起沉沉的錘子，重重地往石塊上敲。石塊鬆動，縫隙中，泉水涓涓流出。劉縣爺抹了抹額頭上的汗，眾人高聲叫好，他備受鼓舞，再度挑起錘子往地面大力擊去。泉水這時，像被放出的猛獸，突然大力蹦出，帶著上面的石塊一起往外射出。隨之而來的是一聲慘叫。眾人驚慌地閃避噴出的泉水。待泉水力道減弱，大家才看到劉縣爺直挺挺、濕漉漉地躺在泉邊，脖子上有一道深痕，鮮血像湧出的泉水，一股一股噴出。縣爺張的眼瞪得大大的，張大了嘴，在旁的泉水嘩嘩作響流著，沒人聽見他在說什麼。半晌，有大膽的人向前探了縣爺的鼻，竟是沒了氣。估計縣爺是被蹦出的石塊擊中脖子，一下子就斃了命。

陸清黎這時看到靠近泉邊的一山丘上，立著兩個人。身著玄衣的男子與身後站著那個綠衣的女孩。

第六章 人間煩惱嫡公主

通凡境，太烏仙人手持一疊公文和祺皇子兩人站在崖邊。

方少司和臨夕從彩雲一端，一前一後地踏上通凡境崖邊。太烏仙人上前拱手迎接，說：「歡迎方少司，夕公主，返回天庭。」

後面兩人的貼身侍者也從雲海裡跟了上來，規矩地立在旁。

方少司作揖還禮，見祺皇子也在，作揖向祺皇子行君臣之禮。

夕公主跑到祺皇子身邊，雙手垂著，一頭就栽進皇兄的胸膛。祺皇子拍拍夕公主的背，柔聲說：「怎麼了，莫是太想皇兄了？」夕公主依舊把頭埋在兄長的胸膛不說話。

祺皇子對方少司說：「少司，此行可順利？」

方少司以一板一眼地語氣答：「啟稟皇子，一切按計劃進行，無差。」

祺皇子點點頭，說：「好。」

方少司又說：「臣，須馬上回司命院述職復命了。臣，先行一步。」太烏仙人把入境文書遞給方少司。方少司看了一眼還依在祺皇子身上的夕公主。

方少司走遠了，祺皇子輕聲對臨夕說：「回家吧。」臨夕抬起頭看著祺皇兄，嘟著嘴，點點頭。

祺皇子把臨夕送返壁霄殿，拍拍她的頭，說：「到家啦，好好休息，明日，皇兄再來找你說話。」臨夕拉著兄長的手，不肯放開。祺皇子笑笑說：「明日早上，皇兄弄個你最喜歡的秀晶包當早點？」臨夕終於笑了，放開了手。

天后知道夕公主今日回天庭，已差了仙娥送來早上剛從素霄花海撈的素霄花給夕公主沐浴洗塵用。夕公主讓仙娥傳話，她今日剛從凡間回來，身子乏了，明日再到紫晶閣向母后請安。

沐浴後，夕公主換上一身粉色輕紗便裝，頭髮撥在耳後，鬆鬆地用絲帶束起。她讓殿內的仙娥撤了出去，自己終於可以安靜地處著。

壁霄殿院子外，臨夕養的幾隻仙鳥看到主人回來，高興得「咯咯」叫，一會兒展開羽翅，一會兒低飛，在壁霄殿的院子裡熱鬧起來。換作平時，臨夕一定也會手舞足蹈和仙鳥共舞，可是，她現在一點兒也高興不起來。

臨夕無力地依著柱子坐下，她看著九天上依舊美麗的晚霞，陣陣微風帶著赤子花的香味，把她的頭髮吹得有點亂。

臨夕腦子裡回想起懷粵蓮池橋上，疫蟲掙想飛出她掌心時的掙扎，與皮膚上爬行時癢癢的感覺。她又想起用咒語把疫蟲喚回來時，一隻隻疫蟲因為食過凡人的血，形狀都變得脹鼓鼓的。在凡間最後一日，方少司說等一百六十三人齊了，就功告回庭。她也記得那個胖胖的男子躺在泉水邊，鮮血從脖子直流，吃力地嚥下最後一口氣時，方少司才在文書上，男子的名字旁畫了一個圈。

想到這裡，臨夕把頭埋在膝蓋裡，啜泣不止，幾日壓抑的情緒終於可以釋放出來了，她心裡深處隱隱酸痛。自小，她在母妃和皇兄的呵護下長大，可以說，從來沒有經歷過任何痛苦，所以此刻這種排山倒海而來的心酸，是陌生和可怕的。也不知道過了多久，臨夕才抬起頭，方知天色已經轉暗了，她的視線因為淚水而模糊。

◈

翌日，祺皇子提著食盒來到碧霞殿。臨夕坐在正殿，一手支著頭，一臉茫然，望著院子發呆。仙娥向祺皇子欠身行禮，然後把食盒接過。

祺皇子說：「去了紫晶閣了？」

臨夕慢條斯理地整了整本來就不亂的衣裳，換了一隻手，支著頭。她微笑地說：「去了。母后拖著我說了好久話。下面一個月，母后應邀到西天梵境做客，她讓我跟著去。」

祺皇子說：「西天梵境可不是隨時可以去的，妹子可是有福了。」

臨夕側著頭，說：「我和母后說不去了，待在這裡挺好的。三哥哥若想去，和母后說一聲便是。」

仙娥把秀晶包呈上來。秀晶包是夕公主最愛吃的小點，皮是用米漿混了藕粉做的，皮桿成紙一般薄，蒸出來，半透明，油亮亮又帶嚼勁。內陷是赤菇和竹參，切絲用小火慢炒，再拌上烤香的黑芝麻。看似簡單的一道菜，單單桿皮，就是一身的功夫了。

臨夕夾起一個秀晶包，拿到嘴邊卻沒有吃，又把它放在碟子上。祺皇子有點納悶。平日裡，臨夕對這包，可是來之不拒的。

祺皇子說：「怎麼了，不吃嗎？」

臨夕抿了抿嘴，說：「在母后那吃了些茶果，現在不餓。」放下筷子，臨夕若有所思地望著院子外的赤子樹，今日吹著微風，長長的樹葉在風裡輕輕盪著。

祺皇子看著自己妹妹，有點恍惚，今天的臨夕有點不一樣，平日裡好動多話的她，要她稍停一下都難，但今日她卻靜得出奇。

兩人無語地坐著喝茶。臨夕垂下頭，用極小的聲量說：「三哥哥，我在凡間，見著死人了。」

祺皇子怔怔地看著妹妹，一時不知要如何反應。

半晌，臨夕的肩膀開始微微地抽動，接著聽到一聲聲抽泣。祺皇子繞過身子，從後邊緊緊抱著自己心愛的妹妹。豆大滾燙的淚水滴在他的手上，浸濕了他的袖子。臨夕哭到聲音啞了，累得歪在皇兄的懷裡睡著。祺皇子把她輕輕抱起放在榻上。他輕聲喚來臨夕的小仙娥，素禾給室內點了安寧香。

祺皇子看著沉睡的臨夕，想起他為何當初會反對臨夕下凡間一趟的提議。他覺得妹妹的年紀太小，而且從小到大都在天后和他的呵護裡長大，他無法想像她如何在一個陌生的環境裡生活。

後來臨夕自己跑到天壽宮，當著閣內元老和天帝跟前，說要為天庭效勞。幾個好諂眉奉承的仙官大贊天帝后生可畏，天帝又好面子，於是就承諾在司命院下凡行動時讓夕公主隨從。剛巧，司命院的差遣竟是一個到凡間降災的職務。接下來幾日，臨夕興致勃勃地到司命院和這次行動的負責仙官，方少司，學習操控疫蟲。

想到這裡，祺皇子恨自己當初沒有更堅決一些，讓天帝收回命令。妹妹也許會鬧脾氣，但好過她現在這般哭泣。但是，他當時只想到皇妹一旦嫁了人，礙於身份肯定沒有現在自由，就隨她任性一回。這趟下凡，如果是賜福，而不是降災，那該多好。

後來幾天，臨夕話不多，異常的安靜。有的時候，臨夕會主動告訴他，她在凡間看到的人和事，他才把事情的大概拼湊起來。

臨夕說在放出疫蟲前，方少司照著司命院發下的名單，在凡間尋找到那一百六十二人之後，會隱身在他們額頭上點上一筆。凡人絲毫沒察覺，那一筆，對凡人雖是無色無味，但對疫蟲卻是「認食」的標誌。

這個名單上的人，都與凡間七年前堵住鄰縣水源的事情有關聯。那些直接造成他人死亡的，認食的標誌就會大些，引的疫蟲比較多，發病也快，因此死亡率是百分之百。那些間接造成他人死亡，或在堵水事件中從中獲益的，認食的標誌比較少，被叮的次數比較少，發病比較慢，不至於猝死。

說起第一百六十三位的死亡場景，臨夕尤其痛苦，她把血液描述成泉水般蹦出，而隨著方少司的掐指一揮，一大片碎石就直劈在那人的脖子上。她從來沒有看過那麼多的血。那人張大著口，費力地吸氣，一直到幾分鐘後才斷了氣。說完，臨夕的臉已是泛白，身體不由自主地發抖。

過了幾天，臨夕的情況不見好轉，她閉目難眠，就算累得睡去，也從惡夢中驚醒。祺皇子擔心妹妹的境況，心裡著急，卻不敢將此事向天帝和天后稟報，怕是事情傳開，以後臨夕在天界難以立足，唯有希望臨夕逐漸淡忘凡間發生的一切。

有一日，碧霞殿來了客人，卻是臨夕始料不及的。臨夕殿內的小仙娥，素禾，來報，司命院，方少司求見。

方元，方少司，天歲六百八十，是掌管禮樂的方長老之次子。卓禮前，拜師於禮教閣下，後在司命院任職，年紀雖輕，但性格沉穩，曾擔過的大任，包括凡間幾個縣地仙的任職儀式、杳河收伏河妖、降災之事，他自然也處理了幾回。由於做事認真、盡責，因此，從司學一路到坐上少司的位子，都是以前所未有的速度完成的。方元不苟言笑，做事莊重嚴肅，常給人一種非常拘謹肅穆之感。這些，臨夕倒真領教過。她和方少司下凡前，在司命院內，方少司因奉命教她如何控制疫蟲，因此有了些許的交流。到了凡間，方少司除了交待行程上所需和注意事項，確實沒有與她有太多的交流。

臨夕有點詫異，和方少司從凡間回來已十日，公文已呈上，功德圓滿，為何還來見她？雖然不明白方少司為了什麼到訪，但臨夕知道自己目前的狀況並不適合會客，尤其是方少司，怕是一見著，又會想起在凡間的種種。臨夕讓素禾以自己身體抱恙為由，拒見，待好些才去司命院請方少司。

三日後的一個傍晚，方少司差了禮樂府的仙童，請夕公主到千竹林。臨夕雖還是意興闌珊，但再度拒絕出面，恐怕要被誤認為驕縱了。

臨夕到千竹林時，心情雖然已平復許多，但還是有一些不踏實。眼前一片綠色的竹林，聽得見風把竹葉吹得沙沙作響。一陣悠悠的笛聲從竹林深處響起，笛音婉轉飄渺，有點幽怨淒涼。臨夕靜靜閉目聆聽。笛音停止，臨夕緩緩睜開眼睛，發現自己已不住落淚。她抬頭望去，方元在竹林深處的一個石亭裡。臨夕嘆了口氣，心想畢竟還是躲不過，只好舉步向石亭走去，腳下踩著落下的竹葉嘎吱嘎吱作響。

方元垂著目，取了帕子擦了擦笛子，說：「你來了。」

臨夕在他對面坐下。一改他在凡間只穿黑色衣袍的形象，方元今日的裝束顯得不一樣，一件米色中衣外加一件白色薄紗外袍，原本清冷的面容現在看起來又有幾分儒雅。

方元放下手中的笛子，從懷中取出一個小錦袋。他從錦袋倒出一個半掌大的黑色石子。臨夕看了石子一眼，不明就裡地問：「這是什麼？」

他緩緩、輕聲地說：「疫蟲從凡間取回後，會把它們煉成這樣的石子，一般都會留在焚化爐裡當燃料。我把它取了出來。」

臨夕有點驚訝，她仔細端詳方元掌上的石子，雖然是墨黑色，但仔細看，竟然還有血絲斑駁。臨夕的頭皮頓時有點發麻。

方元仔細地端詳臨夕的反應。他輕輕嘆了口氣，站了起來，走到亭子旁邊竹子間一塊空地。他舉起靠在一根竹子旁的小鋤頭，在地上挖了一個拳頭大的洞。臨夕似乎明白他在做什麼，便走到方元身邊。方元同時也抬頭看著她。此時，臨夕才注意到方元的濃眉下，一雙眼睛原來那麼清澈。方元把鋤頭遞給臨夕。臨夕蹲下身，在原有的洞上再挖了幾下。方元打開掌心，看了看臨夕。臨夕，猶豫了片刻，還是拾起了石子，然後輕輕放在洞裡，再把泥沙填上。

兩人離開竹林時，天色漸漸暗了，微風依舊吹得竹葉沙沙作響。方元一路吹著笛子，回家的路上，笛音依舊柔美但少了哀傷。

第七章 方元送塤喚臨夕

沉重的負擔如那石子被埋在土裡，臨夕的心情不再像當初那麼頹靡，她努力讓自己振作起來。想做點什麼，但發覺自己真沒有一技之長。臨夕身為嫡公主，從小就不必像其他仙家子嗣拜師學藝，天帝和天后都由著她的性子。況且臨夕生性本來就活潑，所以學什麼新東西，常常都是兩天打魚，三天曬網的態度。

祺皇子來訪，看見妹妹精神大好，甚是放心，也沒探究事情的來龍去脈。臨夕揪著祺皇子的衣袖說：「三哥哥，我現在才知道我會的東西不多，總不能這樣渾渾噩噩地過著。」

祺皇子被臨夕這番話給搞糊塗了，問：「哎喲，怎麼凡間一趟，人就變得懂事多了。」祺皇子撓了撓妹妹的頭，接著問：「說吧，照你說，應該做些什麼？」

臨夕一手支著下巴，側著頭說：「我也不知道，但應該學一些實用點的。」

祺皇子說：「實用的？不然你把秀晶包給學一學，那可是門絕活！」

臨夕抿著嘴，瞪了哥哥一眼。

祺皇子笑笑說：「也別瞎忙了，我還不了解你，要是正經去拜個師，沒兩天又不學了，豈不壞了那師父的名聲。反正過幾年，你也要嫁人了，到時候，有你忙的。」

臨夕微微皺了眉頭，嘟著嘴說：「那個連一面都沒見上的陸清黎，這樣就嫁了給他，也太沒意思了。也不知道當初父皇是怎麼想的。」

祺皇子表情有點緊張，急急地說：「我說妹子，我和清黎是一塊兒長大的，他的個性我再了解不過。他一定會好好待你的。」

臨夕說：「好好待我，就是這四百多年也不見人影嗎？」

祺皇子說：「嘿，這也不能怪清黎啊，下凡的日子，可是在你出生前就定下的。」

臨夕嘟著嘴，說：「再說，我們年紀懸殊，他可是長我五百歲。」

祺皇子說：「仙家仙壽長，仙侶年紀相差幾千歲的大有人在，父皇和母妃不也差個千五年嗎？」

臨夕側著頭，笑笑說：「看你，著急得。不說了，找你說正經的，幹什麼又扯到我的婚事上。」對她來說，這門親事畢竟還是很遙遠的事。

臨夕想，如果指望這三哥哥幫她，是有點為難了，一定要找個品學兼憂的人給請教請教。想來自己認識的人裡，一些礙於她的身份，多半不一定說實話，其他的人，又談不上話來。後來，結論竟是「方元」。有了目標，臨夕的腦子就轉得快了，想著怎麼請教方元。

翌日，臨夕給禮樂府下了請帖，邀方元到鳩集湖喝酒。臨夕誠意滿滿地備了三壺果酒和下酒菜，欣欣地等著方元的到來。鳩集湖，之所以取其名，是因湖邊種著絮裘樹，常有鳩到此覓食絮裘樹的果子。臨夕看著鳩兒們在樹枝間飛竄，一下叼著果子吃，另一下又好像是互相追逐。

方元遠遠就看到臨夕在湖邊的亭子邊，手裡拿著一隻樹枝逗著樹上的鳩玩。方元從懷裡拿出一顆塤，一邊走，一邊吹起了音符。塤發出的聲音，時而像鳩「咕咕」的叫聲，時而顫聲抖動，像湖水拍打著岸上的聲響。

臨夕微笑地把手放在身後，側著頭望著方元，心想，翩翩公子大概就是形容這樣的人吧。方元一身淨白，腰間繫著一條紅金絲帶，讓他更顯得清瘦。翩翩公子緩緩走來，吹著樂器，但唇邊似乎還含著一絲笑意。臨夕心頭一陣暖和。

方元停下腳步，臨夕做了一個「請」的動作，兩人步入亭子裡。

臨夕拿起酒壺，給自己和方元倒了酒，說：「元哥哥，你的樂器使得這般好，為什麼不任職於禮樂閣？」

方元聽到臨夕這麼稱呼他，有點訝異，揚了揚眉，說：「夕公主，您這麼稱呼我，有點不太好，畢竟我倆君臣有別。」

臨夕嘻嘻笑說：「這裡又沒別人，我愛怎麼叫，就怎麼叫。元哥哥，元哥哥。」

方元無奈地搖搖頭，嘴角挑起淺淺的笑意。這是臨夕第一次看過方元笑。

臨夕依然笑著問：「你還沒有答我呢，為什麼不到禮樂閣當職？」

方元，想了片刻，答：「我喜歡奏樂，但不喜歡娛樂他人為生。」他舉起酒杯飲了一口酒。接著問：「不知夕公主叫我來，是有什麼事嗎？」

臨夕看著方元手上的樂器，問到：「這叫什麼？真好聽。」

方元把塤遞給臨夕，答：「這叫塤。」

臨夕把玩著方元遞給她的塤，乳白中帶有淡淡的綠色，外表有點凹凸，但觸感順滑，底部也是平的，上面還鑽了六個孔，問：「怎麼看，也不像禮樂閣平時用的呀？聲音也不一樣。」

方元說：「因為用的材質不一樣。這是用彩奕鳥的蛋殼做的。」

臨夕驚訝地說：「赤斷崖的彩奕鳥？牠不是很凶悍又會噴火，這蛋你從哪兒弄來？」

方元挑了挑眉說：「彩奕鳥的血是製造琉璃火的原料，神器閣每隔數十年就要採血一次，正因為彩奕鳥凶悍，要顧全採血人的安危，又要在不能傷及其鳥性命之下取得，所以有一定的難度。」

臨夕問：「反正是惡獸，為什麼不直接殺了，不就容易些嗎？」

方元答：「千年前仙魔交站時，天帝與魔帝用神火，雷電互擊，意外死在赤斷崖的彩奕鳥不少，後來僅存的就有六隻。彩奕鳥每三百年才產不到三顆蛋，所以非常珍貴。最重要的，彩奕鳥的血必須是鮮血才可製琉璃火。」

臨夕明白地點點頭。

方元接著說：「後來有人發現此鳥對聲音特別敏感，所以想找禮樂閣幫忙採血，可是禮樂閣的樂師，無一人肯去。我不忍見父親煩惱，便主動請纓。」

臨夕聽得饒有興味，瞪大眼睛問：「你做什麼去？」

方元喝了口酒，頓了頓首說：「我在赤斷崖彈奏不一樣的樂器，試探彩奕鳥對不一樣的聲音有何反應。最後發現箜篌的聲音能讓它們熟睡，神器閣的人趁它們熟睡時就成功採了血。那時剛好有一隻產了蛋，我讓他們取了一顆給我。」方元指了指臨夕手裡的塤。

方元接著說：「彩奕鳥的蛋殼雖堅硬，但厚實通透，所以就做了此塤。」

此時，臨夕對手上的塤更是另眼相看了。

方元見臨夕對塤愛不釋手，說：「既然夕公主那麼喜歡，就送給你吧。」

臨夕喜不自勝，瞇著眼笑說：「元哥哥，這怎麼好意思啊。」說罷，手裡握著塤，還往懷裡收去，全無歸還的意思。臨夕起身給方元添了酒，說：「元哥哥，你以後叫我臨夕好不？」

方元看著眼前真心實意的臨夕，心裡不免動搖了。思索片刻，方元說：「人前總要避忌些。」

臨夕說：「行！眾人前你叫我夕公主，我們獨處時就只能叫我臨夕了。」

臨行也忘了此次請客為了什麼。

第八章 仙樂黃蝶山谷間

凡間。天濛濛，微亮時，陸清黎和了衣子拿著簡單的行囊往西走。

了衣子問道：「公子，我們現在是要去哪兒啊？」陸清黎答：「伏懿山。」

了衣子聽了，像是想起什麼，接著說：「太烏仙老兒的老家？」

兩人向西行了兩天路，又在陳楓鎮雇了馬車。到西延山下後又換乘小舟才到德慶碼頭換大船。大船上熙熙攘攘。從德慶碼頭隨著下游到伏懿山的路途遙遠，中途還要停上好幾回，這樣就耗上半個月的時間。

到了橋蘭碼頭，陸清黎、了衣子和眾多香客下了船。橋蘭鎮是伏懿山腳的一個小鎮，香客一般在小鎮休息或等船，所以這裡市井氣息比較濃厚。陸清黎和了衣子找了一間客棧住了下來。休息片刻，主僕兩人到市集逛逛。陸清黎找了藥舖，去看看當地慣用的藥材。這時，天空飄起了雨。街上的人們紛紛開始找地方躲雨。藥舖的掌櫃把竹簾放下，說：「時間真快，又要入秋了。」

陸清黎看了一遍店內陳列的藥草，並沒有哩麻草。

陸清黎問道：「掌櫃，請問伏懿山是不是有哩麻草？」

掌櫃答：「有的。請先生坐下，我給您取來。」

掌櫃從後方取出一個方盒，開了鎖，將盒子打開後，方能看到裡頭一捆又一捆巴掌大的乾草根。

陸清黎取了一捆放在鼻尖嗅，此草有一股清香參雜著一些土味和辣味。

掌櫃殷切地說：「這是我們伏懿山上採的哩麻草根。洗淨後，煲水嚐茶飲。少量服食可助眠、清心，對治療癇症也頗有功效。哩麻草只長在伏懿山，太烏谷瀑布內的洞穴一處，採集十分艱險，一般只得在冬季幾日，瀑布水少時，方可安全地採摘。」

了衣子問：「我說，老先生，這是當地土生土長的草藥，為何要還要上鎖呀？」

老掌櫃答：「小哥有所不知，以前冬季到，摘下的哩麻草根起碼有幾籮筐，但是這幾年不知是什麼原因，越來越少，這些，還是本店前幾年採摘的，身價也水漲船高。」

老掌櫃輕嘆一聲，接著說：「今年也不知能摘多少。」

陸清黎點點頭，買下一小捆哩麻草根。

兩人在市集閒逛。遠處的山，隱在薄霧中，依稀看到山峰有煙霧裊裊升起，想必那裡就是伏懿觀。

了衣子問：「我說公子，我們幾時上伏懿觀看看?」

陸清黎說：「不急。明日就是十五，人們都湊著上山。我們就等到人散了，十八日才上山。」

兩人回到客棧，讓店家把哩麻草根煲成茶水，讓陸醫師嚐嚐藥味做記錄。

❁

十八日當天，果然香客都下了山，在鎮上等登船。

伏懿山，山勢峻拔高挺，山路崎嶇，山內有好幾個深谷和小湖，沿途有許多奇峰和怪石，所以除了上山參拜的香客，還有專為這秀麗景觀而來的人。伏懿觀就建在主峰上。

臨行前，天空又飄起小雨，雲霧籠罩了山峰。

之前，了衣子就和客棧的掌櫃打聽了去伏懿觀的方向，山路都由石塊鋪成所以不難走，往上走兩個時辰就可以到達主山峰。掌櫃溫馨提醒陸清黎和了衣子沿著石路走，莫要偏離了，因為要是走偏了，往深山裡走，不熟山路的人，怕是找不出回來的路。還有，再過兩日就是正秋日，秋雨會帶濃霧，要計劃好，不然山路會難走。

陸清黎和了衣子起步上山。了衣子把褲管給捲高，怕給雨濺濕了。陸清黎把白藍衣袍撩起，慢慢地欣賞沿途的美景。雖然在天界秀麗山光盡是，但這伏懿山的景色也稱得上別有洞天。清涼的風吹在臉上讓人格外清新，沒有了擾人的香客，此時四周格外寧靜，只有小雨落在油紙傘上，發出嗒嗒的聲音和兩人踩在石路上的腳步聲。雖然已是秋季時分，山上的樹葉仍是綠油油的。下著小雨，林間的小鳥兒們嘰嘰喳喳地叫，遠處還聽到水鳥的叫聲，似乎也在享受下雨的天氣。

兩人步行不急不緩，終於到了山峰。伏懿觀的山門在山間高高聳起，雲霧裡氣宇看起來格外非凡。兩人往前走，伏懿觀的正氣殿就立在眼前。

陸清黎想起太烏仙人的模樣，想像他挽著長鬚在殿前思考的模樣。

了衣子加快步伐跑到陸清黎前。

了衣子喘著氣說：「我說公子，我原以為凡間的山，也不過如此，但這山還真是波瀾壯麗，我們雖無仙力，但仍能感受到這山的靈氣十足，難怪太烏老仙也會戀想這老家。」

陸清黎收了傘，甩掉傘上的雨水，笑了笑。

正氣殿前放著一口人身高大的三足鼎，鼎足像極神獸粗壯的腿，鼎身雕刻獅頭獰厲樣，鼎內燒著香，冉冉輕煙和山上的薄霧一溫一涼地交集著。踏入正氣殿，殿內面闊，樑柱雕著的是日、月、星、雲的圖樣，寬闊的殿內只有一位身穿深藍道袍的小道士正在打掃。

小道士看見兩位香客臨門，便迎上來。

小道士禮貌地向兩位香客作揖，說：「施主，要上香的話，香在左邊可以自取，往西邊有慈香亭，茶社在慈香亭往西五十步路，從這兒往東，通雷聖峰。內院，則香客止步。」說完，也不等他們答話，就要走了。

了衣子喊住小道士說：「小道長，請留步，我家公子有話問。」

陸清黎也禮貌作揖狀，問：「敢問道長，此觀當年是否有位太烏老道長，在此羽化成仙啊？」

藍袍道士笑笑答：「太烏仙師是我門太師祖，羽化時在伏懿山峰乘大金鵬鳥往天上飛去。」小道士向東指了指，說：「雷聖峰往前一點去，就看到祖師堂，堂內有太烏仙師的畫像。」

陸清黎接著問：「不知現在觀內有多少人？」

小道士答：「觀內七十四人，現在由洺池道長為首。不知施主還想知道些什麼？」

陸清黎問了些觀內的日常功課，門客有幾位等等，之後便謝了小道士。

到了祖師堂，陸清黎和了衣子跨過門檻。牆上掛著伏懿觀的歷代祖師畫像，堂內正中央的那一幅，正是太烏仙人的畫像。畫像中的太烏仙人，一頭卷黑頭髮，濃眉圓眼，身上的籃道袍鬆垮垮地披著，手上持著一把灰色拂塵，一腿曲盤，一腿垂下，坐在一隻大鵬鳥之上。畫像沒有落款，下面只寫著「伏懿山太烏仙師祖」。

了衣子扑哧大笑：「這是怎麼畫的。怎麼看都不像太烏仙老兒？」

陸清黎笑說：「恐怕是時間太久遠，越畫就越偏離真人的模樣。」

兩人又在山頂上轉了一圈，就準備下山了。

天又下起綿綿細雨。兩人撐著傘，雨水讓石路變得濕滑，兩人不得不放慢速度走。到了半山腰，雨勢竟突然轉大，到了一處彎，一棵倒下的大樹和一堆泥把石路完全給堵了。

陸清黎見狀，對了衣子說：「怕是要繞著走了。我們往山裡走，繞過這個石林區，再往石路上走。」

了衣子：「好嘞！」

兩人提步往山裡走進。無根水沖刷著山路，把泥水都濺上來，泥巴讓行人走起路來有道阻且長之感。兩人吃力地快步走，還要記得來去的路。走了一會，山裡雖然下著雨，霧氣卻依然濃，漸漸看不清前方十步路。

陸清黎在嘩啦水聲中，略提高聲量，喊道了衣子，指了指眼前一塊大石。兩人速速前往，在石頭下騰出的空間躲雨。

雨漸漸轉小，水聲卻沒有減弱，他們才意識到喧囂的水聲是傳自前方。這時，前面的霧飄散開來，兩人才發覺自己原來處在一個谷內，前面是一方瀑布。大水從一處斷崖傾瀉而下，濺起水花，形成一面水霧，奔放的大水打進谷內一灘綠潭，發出「嘩啦」聲響。

這時，不知何處飄來一陣悠悠笛音。陸清黎抬眼探去，在瀑布旁一個大石上站著一個白衣男子，笛聲正是從他手中的竹笛發出的。清脆的笛聲穿透了喧囂的水聲，音韻婉轉，輕快，像是小鳥啼聲。

了衣子說：「我說，公子，這等天還有人在此吹笛，真是奇了。」

陸清黎注視著遠處的男子，雖然離得不近，但他的容貌和身形卻看得仔細，心頭不由一怔。

這時，笛聲中又聽見另一個聲音。這聲音有點空洞、低沉，輕柔又婉轉地搭配清脆的笛音，兩個聲音譜出一個絕美的音律，彷彿在訴說一個哀而不傷的故事，悠悠迴盪在谷內。

陸清黎這時才發現，離男子不遠處，坐著一個白衣女子，側著身，抿著嘴，吹著一個白色的塤。

兩人對視，吹奏著各自的樂器，在嘩嘩水聲中，並沒有發覺谷內有了兩名看官。

這時，許多黑邊的黃蝶從山林裡飛向瀑布。蝴蝶盤旋在水霧中，拍動著翅膀，彷彿隨著兩人吹奏的音符，翩翩飛舞。一曲盡，蝴蝶在落水之間的縫隙，飛進瀑布後的山洞。

沒有了笛和塤的聲音，空中只留下瀑布落在綠潭的唰唰聲響。

女子站起來，別過臉，陸清黎才看清她的顏面，竟是兩年前在懷粵蓮池橋上的人。此時見到的女孩，個子高了許多，已是出落得水靈，臉上的圓潤消去，稍尖的下巴，把精緻的五官襯得明顯，稚氣褪去，玲瓏初顯，一身白色羅衣，飄逸柔美。她微笑著似乎在和那男子說些什麼。

身旁的男子，懷粵的玄衣男子，一張俊逸臉龐，有別於那日清冷的外表，如今他的神情多了暖色的淡然，今日一身素白，清雅脫俗。男子伸出手，女子搭著他的手，小心地踩著崖石上，然後往山裡走去，兩人一瞬間消失在水霧中。

陸清黎說：「了衣子，下山吧。我們要到地仙廟去一趟。」

了衣子問：「這時為什麼去地仙廟啊？」

陸清黎指著瀑布前方，說：「那兩人是在懷粵放時疫的仙史。」

了衣子聽了，緊張起來：「什麼！那個女人就是放疫蟲的人？這裡要有時疫了嗎？」

陸清黎眉頭一皺，想了想，說：「這也未必，放時疫就不用到深山裡來了。我們就去問一下，只要不違天命，我們問問也無妨。」

山林間幻化出一個竹屋。竹屋不大，但樣樣俱全，兩間寢室立在兩端，中間有茶室，小廚建在後方。素禾和錦柯忙著沏茶和備茶點。

素禾說：「錦柯，我看你對凡間的東西還挺熟悉的。你和方少司來凡間有多少回了？」

錦柯抬頭，數著指頭，片刻答說：「少說應該七八次，我也記不清了。」

素禾搖搖頭說：「我看這凡間也沒什麼好的，上次那個懷粵，是熱得可以，這裡又是下雨，又是起霧的，也不知道夕公主為什麼還要來凡間。」

錦柯搖搖頭，說：「我家少爺說凡間雖不比天界方便，但就勝在它有變化，所以才不一樣。」

素禾仰著頭，微張著嘴，一臉不解，道：「聽不懂。」

錦柯說：「反正就是和天界不一樣，所以才好。」

素禾搖搖頭，說：「還是聽不懂。」

錦柯不耐煩地說：「啊你……」

兩人聽見兩個笑聲靠近。

臨夕說：「我才沒有呢，明明是元哥哥把節奏吹快了，我才跟不上，慢了拍子，你還怪我。」

方元沒有答話，示意地，臉上露出淺淺一笑。

臨夕笑著推開竹屋的門。

素禾和錦柯迎了上來，分別從他們主子手中取過樂器。

方元和臨夕坐在茶室的凳子上。素禾給兩人倒上新沏的茶。

方元說：「素禾，天有點涼了，給夕公主加件披風，免得著涼。」

素禾應聲：「哎，好的。」轉身去了寢室去取。

臨夕喚來錦柯：「酥茶餅可是好了？」

八十四

錦柯應聲，遞上茶果。素禾給臨夕披上披風。

臨夕說：「你們去忙你們的吧。」

兩個侍者退去小廚房準備吃食。

臨夕抬眼，問：「元哥哥，你覺得今天的成效如何？」

方元放下茶杯，答：「今天來的粉蝶比昨日多。不過，花粉散得夠不夠，也要看春季發芽的時候，才看得出成效。」

臨夕點著頭。「那還要迎粉蝶幾日才好？」

方元答：「再三次為妥。不過，下面幾日怕是要大雨的天氣，恐怕會要等上幾日。」

臨夕喝著茶，想想又接著問：「方哥哥，那我們這幾日還有什麼要做的嗎？」

方元望向門外，似乎在想些什麼，說：「我想去見一個人。」

臨夕支著頭，好奇地問：「什麼人？凡人嗎？元哥哥也認識凡人？」

方元微微笑，答：「就這麼一個。是在多年前認識的。」

臨夕拉著方元的手，嗲聲嗲氣說：「元哥哥，我也要去。把我帶上好嗎？」

方元笑著作狀要拍臨夕的手，臨夕鬆了手，嘻嘻笑著。

臨夕不放棄，又問：「好嗎，元哥哥？」

方元知道依臨夕的性子，定不罷休，說：「好吧。不過，你只能看，不要多話。」

臨夕捂著嘴，猛點頭。

第九章 凡人皆知仙人好

隔日。

秋雨綿綿地撒在大地，在石板街上打出滴答滴答的聲音。平時熙熙攘攘的街道、市集的攤販已不見踪影，只留有屋簷下躲雨的人。臨夕和方元兩人撐著油紙傘走到街尾一處。臨夕望向身後遠處的伏懿山，山形已淹沒在濃濃的霧裡。方元把傘抬高，眼前有一間小屋，雨水沿著屋簷滴下，門前的兩幅對聯應是許久前貼上的，鮮豔的朱紅已然斑駁，褪色成粉色，看起來有些蒼涼。方元走到門前，輕輕扣了門。臨夕靜靜地站在方元身後。不知道為什麼，方元從下山至今，一直默不出聲，眉宇緊鎖，似乎若有所思。

應門的是一個小斯，門開了個小縫。小斯問道：「公子，找誰啊？」

方元說：「小哥兒，我姓方，是岑爺的朋友。」

小斯彷彿有點錯愕，口中喃喃說：「方……」對方元上下快速打量一番，接著又急急地說：「您，這邊請。」說著，把半掩的門打開，讓兩位客人進入屋內。

小斯把二人迎進屋內坐下。

小斯恭恭敬敬地說：「方公子，爺早幾年就吩咐過，他有一名方姓友人可能來訪。您請這邊坐下稍候，我這就給爺通報一聲。」

方元點點頭，說：「有勞。」

屋子不大，有點陰暗，客人坐的地方面向著一口天井，淅淅瀝瀝的雨水自四面滴下，彷彿是用水晶串成的雨簾。

方元垂眼不作聲。

臨夕搓了搓手，想把沾了雨水的手搓熱。方元站起來，把臨夕的披肩拉了拉緊，微微皺著眉頭說：「雨天，怎麼就不穿得暖和點？」

臨夕輕聲笑說：「不冷，不冷。」說罷，把手藏在披肩後捂熱。

方元從懷裡拿出手帕，把臨夕臉上的雨水拭去。

小斯從屋內出來。彎了彎腰，說：「公子，我家爺有請。」

方元點點頭。小斯領了路往屋內走。臨夕默默地跟在方元身後。

小斯掀起門簾，一股濃濃的藥味飄出來。門後聽到一陣劇烈的咳嗽聲。方元和臨夕步入屋內。屋內的香爐燃著香，空氣沉沉的，榻上坐著一個人，半身掩在床簾後。

榻上的人，緩慢又吃力地挪了挪身子，用沙啞的聲音說：「你來了。」似乎是在問一個問題。

小斯向前，把床簾繫上，榻上的男子露出一張瘦弱、乾黃的臉。他看向方元，一臉的倦意裡，但嘴角卻勾起一點笑意。

臨夕以為岑爺是個老太爺，不過看來最多也只是三十來歲，唯獨他病態的面容使他顯得格外蒼老。

小斯端了一個凳子放在榻前。方元走到凳子前坐下。

兩人對坐，片刻都沒說話。臨夕站在門前，靜靜地看著。

男子說：「就快了吧。」

方元手放在膝上，垂眼沒有說話。

男子自己點了點頭，沉沉嘆了一聲。半晌，男子看著方元說：「這麼多年過去，先生模樣竟是沒變，猶如我們初見時一般。」

一盞茶後，方元和臨夕告別了岑爺。

屋外依舊下著綿綿細雨。

臨夕和方元撐著傘慢慢走在伏懿山上的石路。細雨把葉子洗得油涼涼的，葉子末端已漸漸換成銹色，薄霧慢慢翻滾在山間，有一種淒離的美。方元一語不發，朝瀑布的方向走去。臨夕咬著下唇，幾次欲言又止，知道這時不能問，只好安靜地跟著方元的腳步走。

方元在瀑布旁選了個大石坐下，把傘收了。雨中的瀑布依然像是在咆哮般的傾瀉而下。方元閉著眼，仰起頭，雨水和水霧瞬間濺濕他的臉。臨夕站在方元身後，小心地把自己的傘遮過方元，一隻手搭在方元肩上，輕聲說：「元哥哥。」

方元睜開了眼，定眼看了看臨夕。他的眼睛閃爍著未湧出的悲傷。

方元伸出左掌，喚出竹笛。一陣悠悠幽幽的曲子吹出，清遠悠揚衝徹喧嚷的水聲。

對方元的笛聲已經非常熟悉的臨夕，聽出委婉的曲調裡盡訴的悲戚。

㊣

晚上，錦柯從寢室出來。臨夕望著關上的門，問錦柯：「元哥哥不吃飯嗎？」

錦柯答：「少爺說他累了，歇下了。」

臨夕悶聲坐下，草草地把晚飯吃了。

回到寢室，臨夕腦子裡盤旋著岑爺瘦弱的臉龐、方元吹著笛子的表情、幽怨的笛聲，輾轉難眠。

山上的夜晚，薄霧瀰漫，皓皓潔月高掛天空。秋蟲放肆地在林子裡嘰嘰鳴唱，樹上的夜鶯娓娓清吟和牛蛙哇哇不絕的聲音，在山林間交叉響起。

方元在屋子四周下了結界，凡人看不到這屋子，也聽不見這屋子裡的動靜，可是卻沒有杜絕山裡的動物來造訪。一隻褐色白斑山鹿，肆無忌憚地在屋旁吃著草，兜裡騷動一陣，一隻幼鹿露出頭來。方元靠著門前的欄杆坐下，沉默地看著兩個訪客。

門吱一聲開了，臨夕探出頭來，果然看見方元坐在門前。

臨夕輕聲說：「元哥哥。」

方元仰頭，微笑地說：「為什麼不睡？」

臨夕將門掩上，坐在方元對面，側頭說：「你不也是。」

方元笑笑，望向兩隻山鹿。

臨夕怯怯地以試探的口吻問：「元哥哥，你不開心嗎？」

方元嘆了一口氣。幼鹿從母鹿兜裡跳出來，跺了跺腳。

臨夕說：「我知道你不想說，但我看你不開心，我也不知道能做點什麼。你就讓我陪著你好嗎?元哥哥。」

方元看著臨夕半晌，迎著她赤熱的眼光，頓時有點迷惘。

幼鹿此時呦呦叫了兩聲，母鹿溫柔地舔了舔幼鹿的眼。

方元說：「你想听個故事嗎？」

臨夕點點頭。

方元說：「凡間十五年前，杳河出現了河妖，一年內吃掉河邊村上十二人。天庭繾天兵百人下凡收妖。因妖孽作祟，凡間杳河人命格突變，司命院差我一同前往整頓。

這河妖本是一條在杳河修煉千年的水蛇精，天魔交戰時，魔界投下魔靈丹增其法力，想收復它來攻打仙界。可仙魔開戰不久，天帝就斬了魔帝，一場浩劫就此止住。魔眾退回魔界後，這水蛇精就又沉入河底，不知為什麼，天魔交戰後的第六百年，此水蛇又浮出水面，而且還獵人畜為食。

天庭下旨，這妖雖禍害人間，但其法力將來或是有用處，令天兵部下凡提其妖，上天界馴為靈獸，供天兵部用。

水蛇精每到月圓日，會浮出水面，吸食月光精華和在河邊覓食。那年也是秋季，月圓之日，我隨天兵降凡。

我們到杳河邊時，河邊竟站著一個人。那人，便是你今日看到的凡人，岑福。」

方元在這裡頓了頓。

「由於是赴天命，我和天兵皆是隱著身。

岑福在河邊用一頭豬為誘餌，待水蛇浮出水面，天兵本要行動，但看到有一凡人在，就停下來等。原來，岑福善於設計武器，早在河邊設下陷阱。待水蛇露了半身，張口就要吃掉陷阱裡頭的豬的當下，就啟動設在河邊的一個機關——綁在大樹上的一個大網被擲出，水蛇的頭被網罩住，大網一端被快速收緊，水蛇想掙破網，搖頭晃腦，吐著黑色的信子。岑福跑上前，迅速地按下兩邊弩機關。嗖嗖幾聲，四排被削尖的竹子，環繞水蛇射出，頃刻，水蛇的蛇頭被捅出個蜜蜂窩。岑福再啟動另一個機關，兩個無柄的鐮刀從東西兩旁的樹身飛出，嚇嚇兩聲，蛇頭瞬間被切下來。

就這樣，未待天兵發動，岑福一人像不費吹灰之力，迅速地取了水蛇的性命。整個過程，隱身的天兵都看得瞠目結舌。可是，區區一個凡人竟取了水蛇精的性命，天兵部首，因為未能提妖復命非常惱怒，只能上奏天庭凡人違天命之事。

天庭下令，岑福因違天命，要其受以天責。我受命改其命格。我與司命院請命天庭，岑福降妖有功，造福杳河百姓，不應該遭受天責。無奈，天兵部以水蛇精原可供天兵使做靈獸為由，堅持施以天遣方罷休。

岑福原命格中本是少年得志，二十得武功名，受用當代朝廷，豐功厚祿，妻兒齊全，年壽七十。我的一筆，就改了他的人生，得功名後，又遭人所害，失意官場，妻兒在他三十歲那年，先後患病離世，爾後，自己也身抱頑疾，不得醫治，年壽換作三十五。」方元頓了頓，接著說：「今年岑福就三十二了。」

臨夕問：「改了岑福的命格後，你曾見過岑福？」

方元說：「後來，我趁公務下凡時，曾會過岑福。我礙於公職，實在不能為他做什麼，只能暗示他，他的禍事皆是天命，希望他能釋懷。後來的事，是他自己猜的。」

一隻狸貓叼著一隻田鼠從門前跑過。幼鹿受了驚嚇，躲到母鹿身邊。母鹿用頭推了推幼鹿，提步往林子裡走，幼鹿緊緊跟著走了。

方元再沒有說話，落寞地望向林子。

過了好一夥兒，方元用淡淡的語氣說：「凡間世人尊拜我們天界，我們主宰他們的生死禍福。」

冷月清輝照著大地，大地默默承載這光芒，秋蟲不絕地鳴唱在月色下越顯得嘹亮，刺耳。

方元低頭看著自己的手指，語帶嘆息說：「那次你跟著去懷粵，我心裡也是非常糾結的，畢竟涉及到凡人的生死，你年紀那麼小，怎麼能讓你見證這般殘酷。」

臨夕低聲說：「元哥哥。」可又不知道怎麼接話，眼眶灼熱起來。

她看著方元，心裡的感觸，多少帶有一些不忍。她伸出右掌，喚出塤。她放在嘴邊吹出低沉的韻調。

方元轉頭看著臨夕。她潔白纖細的手指在塤的六孔，輕緩交替著。她抿著嘴吹出的節奏不算流暢，奏出音符時，眉間就會微微蹙起。方元感到心頭一陣暖意，想伸手撫平那眉頭。

一曲吹完，臨夕還握著塤，一臉靦腆地泛起了紅暈。本想吹個曲開解方元，竟在這位老師前吹得一塌糊塗。

方元走向臨夕，俯下身，手指放在臨夕的指頭上，說：「曲子後面，中指和無明指分佈要清楚，音律有點亂了。」方元神色專注地糾正她的指法。

臨夕側著頭，月光勾勒出方元俊秀的輪廓，她的心頓時驛動，像那谷間飛舞的粉蝶，此刻在翩翩起舞。

四目交接時，兩人心間泛起漣漪。

第十章 山間巧遇救幼鹿

陸清黎給自己倒了杯熱茶，請柬已送到地仙廟，伏懿山的地仙得知他的到來，立即來造訪。秋雨漫漫，空氣有點沉。有人叩門，了衣子把一老翁帶進屋裡。老翁穿著簡單樸素，背稍稍有點駝，兩鬢發白，兩眼卻是炯炯有神。老翁見到陸清黎，就深深作了個揖，說：「伏懿山地仙，符浩，見過大人。」陸清黎點點頭，了衣子給老翁搬了張凳子坐。

陸清黎問：「符仙，近日除了我，是否還有仙家到訪伏懿山？」

符老答：「回大人，七日前，上仙方少司已來會晤。伏懿山哩麻草近年歉收，我兩年前曾奏本上庭。不想，真有上仙來幫忙，我等伏懿山百姓真是有福。不知，大人也是為哩麻草的事而來？」

陸清黎接著問：「符仙，可知方少司是用何種方法解決哩麻草歉收之事？」

符老答：「回大人，上仙說了。幾年前，鎮裡因為擴建碼頭，把一處長滿了薔樹的地都給清了。這薔樹剛好是布花粉的粉蝶產卵之地，少了這片地，粉蝶就少了，花粉布得不多，哩麻草春季就長不出新芽。所以，上仙這次來是為招粉蝶而來。薔樹也另辟一地種下，看來過了這冬子，粉蝶有新的產卵地，哩麻草就又能豐收了。」

了衣子問：「符仙，和方少司下凡的是哪位？」

符老答：「那日只見方少司，文書上沒有提起還有哪位仙者同行。」

了衣子送了符仙出門。

了衣子自問自答：「這就奇了，為什麼下凡文書沒有提到這位女仙？會不會是個侍者，但看她的衣著也不像。」

陸清黎說：「在凡間竟兩次碰上，也算是極巧的了。」

了衣子點點頭，說：「那公子這下要做什麼？」

陸清黎飲了口茶，道：「他們本來就是奉旨來辦事，我們不用插手這事。」

伏懿山是陸清黎和了衣子在凡間的最後一站。到了春季，就順利完成他五百天年的歷練。了衣子已迫不及待要返回天界了，所以幾日來已整裝待行。雖然說是整裝，但也沒什麼要帶回天界的，畢竟陸殿下平時行裝清減所以也沒什麼要特別準備的。

陸清黎想利用剩餘的時間勘察伏懿山處醫藥等事，於是拜會伏懿觀的洺池道長，在觀中當起醫師，義務看診，依然用化名旭醫師。洺池道長為醫師在茶社偏廳清了一處給旭醫師和了衣子當暫住處和會診室。觀中，除了初一十五香客多以外，其餘的時間鮮少人問診。陸清黎便趁空擋在山中尋藥草研究藥性。

這日，陸清黎差了了衣子到市集買一些製藥的器材，獨自到山谷採藥。陸清黎背著一個竹簍在秋霧中走進伏懿山深谷。聽聞谷內有一種鍬蟲的昆蟲，古書上記載此蟲曬乾磨粉可用來治療廯癥。但此蟲身長在深山內，比較難捕捉，後來又有別的草藥有同樣的療效，這鍬蟲就比較少人問津。陸清黎在天界沒有看過這樣的鍬蟲，便想趁著秋季，鍬蟲交配時把此蟲尋來，研究它的屬性和其他藥效。雄鍬蟲在交配期會拍打兩只觸角，發出「嘛嘛」的聲響吸引雌蟲，所以只要依著這聲音便能尋得鍬蟲。

秋雨把山上的泥路澆得濕滑，陸清黎隨手撿了一隻較粗的樹枝當拐杖。山內深谷路本來就少人走，陸清黎準備了許多小布條，在進谷處開始，每五十步就在樹上綁上布條做標誌，方便回頭時認方向。雲霧繚繞的山間，陸清黎仔細聆聽在鳥獸叫聲和蛙鳴之間的蟲鳴聲。深谷內不乏參天大樹，落下的銹色的秋葉把深谷染成一地橙紅。

沿途，陸清黎看到一些藥草就會用小耙摘下，放在竹簍裡，不過因為已是秋季時分，多數的草也已枯黃，收獲並不大。往谷內深處走進，茂密的樹林漸漸開出一片空地。空地上，人高的蒲葦開了白色的花。在陽光下的這片銀白，隨著秋風吹過，像一波又一波的白浪在山間芊芊搖曳。

陸清黎看著眼前的景色，感嘆這伏懿山，景色是如此橫嶺側峰，有瀑布綠潭，挺拔的大樹，還有眼前清涼蕭瑟的蒲葦。

就在此時，不遠處傳來一人聲。

陸清黎隨著聲音的方向尋去。一個黃衣女子坐在蒲葦草間，懷裡抱著一隻幼鹿。

臨夕蹙著眉，摸了幼鹿的頭說：「怎麼那麼不小心？傷著了吧？」

幼鹿似乎聽得懂她的話，「呦呦」叫了兩聲。

陸清黎走上前去，距離女子幾步前停下。

臨夕聽到踩著草間的聲音，抬起頭來，看到眼前一個背著竹簍的年輕男子。男子身穿簡單的素色衣袍，袖子往上卷，露出結實修長的手臂，一頭濃黑頭髮用木簪子簡單地束起，眉目清澈，高挺的鼻子和輕抿的薄唇，可堪稱是個俊朗的男子。

臨夕看著這男子，一會兒出了神，手裡還撥弄著幼鹿的耳朵。

陸清黎一看眼前黃衣少女，竟是懷粵那姑娘，一時愣住了。

秋風朗朗，兩人互相注視，片刻都沒說話。

陸清黎回過神來，問：「姑娘，可是需要幫忙？」

陸清黎見臨夕直瞪著自己，沒答話，又問：「姑娘，姑娘。」

臨夕猛地知道自己一時恍神，不好意思地垂下頭說：「是這幼鹿，剛才我看到它的一只腳踩進一個窟裡了，我費了好大力氣才把它拉上來。」她輕輕把幼鹿的一足放在手心上。

陸清黎上前，在臨夕跟前蹲下，說：「讓我看看。」

他卸下背上的竹簍，伸出手，小心翼翼地檢查幼鹿的蹄。幼鹿似乎對這陌生人有點戒心，抽了抽腿。臨夕抓牢了幼鹿，柔聲地說：「你乖點，別動。」

陸清黎發現幼鹿的鹿蹄間有半指粗的樹枝，插入蹄間軟處。幼鹿發出「呦呦」的叫聲，像是疼了。

陸清黎微鎖這眉頭，說：「要把這樹枝給拔出才行。你抓牢了。」

臨夕咬著下唇，神情有點不忍地點點頭。

陸清黎輕聲說：「我動作快，牠就不會疼。」

臨夕說：「嗯。」

臨夕看著男子修長纖細的手指穩穩握住樹枝，然後快速往外拔。幼鹿蹬了蹬腿，「呦呦」叫了起來。

陸清黎在竹簍裡翻找了一夥，找到之前採的月星草，在草上找來一個石頭，將葉子搗碎，然後塗在幼鹿的蹄間。

陸清黎輕聲，說：「好了。」輕輕拍了拍幼鹿的頭，滿意地笑了。

臨夕撫摸著幼鹿的頭，說：「好了，去吧。」說罷，把懷裡的幼鹿放下，站了起來。幼鹿試著站立，想必受傷的蹄還是疼痛，一拐一拐地，走進林子裡。

兩人目送幼鹿直到牠消失在林子裡。

臨夕轉身向著陸清黎，說：「謝謝公子。」

陸清黎看著她，說：「舉手之勞罷了。」

現下，這麼近距離看她，她皮膚白皙勝雪，一雙眼睛通透明亮，含笑的兩唇紅潤，猶如一幅美麗的畫立在眼前，讓他一下子收不回視線。

臨夕柔聲說：「那，公子，就告辭了。」

陸清黎問：「姑娘可是迷路了？」他指著不遠處的一棵樹，接著說：「我在樹上繫上布條，只要跟著記號走，就能走回石路去。」

臨夕微笑地說：「不是的，我就住在這山裡。」

陸清黎愣了愣，說：「住這裡？」

臨夕側著頭，咧著嘴笑答：「是呀。不過，我們就要走了。」

臨夕看了看在地上的竹簍，問：「公子，可是來採藥的？」

陸清黎答：「是的。我在伏懿觀為人診病。」

臨夕嘻嘻笑說：「哦，難怪公子處理小鹿時，這般熟練，原來是位醫師。」

臨夕燦爛的笑臉總能讓人放下心和她交談。

臨夕說：「那我不打擾醫師了，告辭。」

說完，黃衣少女轉頭箭步如飛地朝林子走去。

֍

回到伏懿觀，了衣子已經從山下回來了。他看見陸清黎進門，快步上前把竹簍接過。

了衣子問：「公子，可找到那鍬蟲啊？」他自顧自地在竹簍裡翻找，都是些藥草，沒有鍬蟲。

了衣子抬頭看了看自家公子。

陸清黎坐在診室的椅子上，兩手放在膝上，望著前門發呆。

了衣子疑惑地看了看門前，又看了看陸清黎，納悶地問：「公子，公子？」

陸清黎恍了恍神，說：「啊，鍬蟲，沒找著。」

了衣子取了篩子熟練地把竹簍裡的藥草倒出了，又仔細地把各個藥草分開來。心裡嘀咕想著，公子是怎麼了，像是有點恍神，莫不是山裡走一趟，走累了？

後來的許多天，陸清黎依舊背著竹簍往深谷裡走，尋找鍬蟲的下落。

方元，臨夕和兩個侍從，素禾與錦柯，先後踏上通凡境。笑容可掬的太烏仙人已在境前候著。

太烏老仙向方元和夕公主作揖行禮，說：「恭迎夕公主，方少司回返天界。」他恭敬地把文書遞給方元。

方元依禮向太烏仙人作揖，接過文書，又遞給身旁的錦柯。

太烏仙人的鳥獸香爐燒著魯木香，味道很是濃烈。臨夕這時重重地打了個噴嚏。

方元轉頭看了看臨夕，輕聲地問道：「怎麼啦，是著涼了嗎？」

臨夕擰了擰鼻子，搖搖頭。

方元喚來素禾，取過披肩給臨夕搭上，輕聲說：「我得回司命院復命，你就回府吧。」

臨夕乖巧地點點頭，眼睛依戀地望著方元。

錦柯輕咳了一聲，方元和臨夕的視線才頓時離開彼此。素禾問：「錦柯，你也不舒服嗎？」

錦柯眉頭一鎖，無語看著素禾。

四人離開了通凡境。

天妃設宴擇仙婿

五日後，蓮蓬池秀麗軒的主子過生辰，連開三日流水宴席，八方眾仙都受邀到府上慶壽，天庭熱鬧不已。秀麗軒的娘娘大有來頭，當年魔族降軍之後，天帝下到魔界巡視，偶遇現任魔君的遠房表妹，驚為天人，後來魔界便順水推舟，特派了這位遠房表妹做和親大使，以表與天族修好。魔族公主立馬被封為「涵天妃」，地位僅次於天后。

這位天妃除了外表出眾，處事也得當，對天后畢恭畢敬，所以在天界也博得好名聲。庶出的祥宜公主便是天妃的獨女。這次的宴席表面上是涵天妃的壽宴，實際上是為祥宜公主選婿的場合。涵天妃在宴客名單上都做了備註，行過卓禮和尚未婚配的男賓客被安排在蓮蓬池面向蓮池的宴席。涵天妃和祥宜公主便在蓮蓬池邊的閣樓上，隔著一道薄薄的簾，矜持地觀察賓客。雖說祥宜公主是庶出，但由於天帝特別寵愛涵天妃，所以對祥宜公主的婚事大家都特別熱衷。而且聽說祥宜公主承傳了涵天妃的嬌顏，七百天年來由禮教閣閉門授課，所以大多未婚的男仙都希望能娶得如此美貌、知書達理的公主。

臨夕早早就準備到蓮蓬池給涵天妃祝壽。她特意從凡間帶回來一批錦被做為賀禮，上面蓮花樣刺繡精緻，錦緞又柔和，她認為涵天妃一定會喜歡的。她手裡把玩著給祥宜公主準備的海珠手鐲，心裡想著祥宜姐姐開心的模樣。

祥宜公主長臨夕兩百多歲，雖然是同父異母，但兩姐妹相處非常融洽。臨夕生性活潑，天后天帝一向對她比較放任，整個天界由她自由走動。相比之下，涵天妃卻是對自己的女兒要求比較嚴格。祥宜公主打從出世至今，都鮮少步出蓮蓬池，所以她尤其羨慕臨夕的自由。臨夕就像她對外界的一扇小小門窗，她愛聽臨夕給她說說蓮蓬池以外的各種小事。最近臨夕又去了趟凡間，她更是對外面的世界充滿好奇。

蓮蓬池外，來赴宴的賓客由禮儀司一一宣入蓮蓬池宴席就坐。

臨夕背著手快步走著，後頭緊緊跟著素禾，木禾兩個小仙娥，領著壽禮來到蓮蓬池。賓客和禮儀司見嫡公主到來，馬上開出一條路來，作揖行禮。臨夕不待禮儀司宣，自顧自地往蓮蓬池閣樓走去。

這位嫡公主在天界都是四處躦，禮儀司也見慣了，也省了宣她進內的功夫，就待她步入後，繼續宣召賓客。

背後的禮儀司洪亮的聲音響起：「禮樂閣閣老，長公子、禮樂閣禮樂司，方典、禮樂閣閣老次公子，司命院少司，方元，賀壽。」

臨夕聽到方元的名字，詫異地轉頭看。兩名仙童正給禮樂閣的兩位公子領路到蓮池入座。

跟在後頭的兩個小仙娥沒料到臨夕會突然止步，直直就撞了上來。

臨夕看著熟悉的背影走遠了，才終於回過神來。臨夕想著，方元確實已過卓禮，也沒聽聞他有婚配，著實符合到此處的條件，但她的心裡不由得有點不自在。

素禾捧著壽禮，不明就裡，問道：「公主，我們是要站在這裡等什麼嗎？」

臨夕扭過頭看了看素禾。「走！」又提步往閣樓去。

閣樓內，涵天妃和祥宜公主對坐於簾前。涵天妃案上放著一疊紙，手持著筆，正在紙上勾畫。

臨夕福了福身，道：「天妃娘娘，祥宜姐姐。」

侍女扶著祥宜從座位站起，祥宜伸出手拉了臨夕，親切道：「可把我想死了，臨夕，你可回來了。」說畢，讓侍女給臨夕備上座椅。

臨夕笑盈盈地朝天妃那福了福，說：「給天妃娘娘祝壽了。夕兒從凡間帶來一批錦被，望娘娘笑納。」說畢，素禾恭敬地奉上蓮花錦被。

舉止高雅的涵天妃撫了撫錦被，說：「柔軟如棉，這繡工可真是不可多得。夕兒有心了。」笑著，讓身邊的侍女收下了。

臨夕坐下說：「我知道娘娘什麼奇珍異寶都見過，這錦被，卻是凡間人一針一絲繡成，雖不可媲美楚絲房繡娘的功夫，但這繡的是凡間的蓮花，色澤和天界的蓮花有些許不同。」

涵天妃同意地微笑點頭，說：「我未上天界前，也有看過凡間的蓮花。天界的蓮花百媚晶瑩，美不勝收，但凡間的蓮花卻有其清麗脫俗之感。」

侍女奉上茶水。

臨夕往閣樓下望去，雖然隔著一道薄簾，倒也把下方的賓客看得仔細。賓客當然知曉何人處在閣樓裡，但也有所避忌，還真沒人敢往上直接看。

臨夕扭頭看了看祥宜，指著下方問：「我說，姐姐，你就這麼選婿嗎？那不跟選蓮池裡的鴨子一樣嗎？」

祥宜摀住嘴，差點把剛入口的茶給噗出。涵天妃抬眼瞪了祥宜一眼。

涵天妃輕聲說：「臨夕，你祥宜姐姐的婚事自然不能馬虎。我與天后已經有個大概的意思。這場合也不過讓我們把各閣內的才俊聚集一處，把真人瞧上一瞧。」

臨夕笑嘻嘻把手作揖賀道：「夕兒，恭喜姐姐啦。敢問，不知是哪個仙家才俊被相中啊？」

祥宜羞得滿臉通紅，掩著面低聲說：「夕兒……」

涵天妃指了指案前的紙。

臨夕坐起，向案前低頭看。上面列出閣樓下賀壽的男仙出生，名號，閣職。一些名字旁甚至已有紅筆圈上。圈上的名字有六個。

樓下禮儀司洪亮的聲音又響起：「魔族，三皇子，祁默，賀壽。」

祥宜仰著脖子探向樓下說：「默哥哥來了。」語氣難掩興奮之情。

閣樓下，身著深紫衣袍的祁默，沒有馬上入座。他除了是魔界的皇子，身份尊貴，也是涵天妃的親戚，身份的確比較特殊。經通報後，祁默上了閣樓。

天妃把案上的紙翻面。

現任魔君有嫡出三子，庶出兩女。嫡子祁蘊，次子祁漾和幼子祁默。祁蘊從小被當成儲君養，是公認的魔君繼承人，兩百年前娶了魔界軍統領的女兒為皇妃。次子祁漾天資不出眾，整日吊兒郎當，不成氣候，傳聞還好男色。幼子祁默出娘胎時沒有像一般孩子一樣哭，更像是平靜無爭地降世，所以魔君就給他取名默。在武功方面自小很有天分，天帝曾經特許他在神器閣學習兩百年，閣內的元老，對這位魔界年輕皇子頗為賞識。

天魔息戰後，魔界附屬天界管轄因此現任魔君鮮少在天界露面。距離上次上天界，竟是多年前為涵天妃送嫁之時。逢天界節慶和進貢等特別事宜，都由大皇子祁蘊和三皇子祁默做魔界代表。

祁默上前給涵天妃深深行禮道：「祁默給天妃賀壽。」

祁默頭髮自帶紅色，在光下還有點金亮，聽說是他母妃有紅狐血統所致。深邃的雙眼有種勾人的邪魅，尤其那薄唇的弧度，笑起來更是讓人傾心。聽聞祁默長相和現任魔君有七分像。

祁默抬了抬手，旁邊的隨從奉上一個白色供盤。供盤上有一盞寶藍色的燈。

祁默說：「這是哲湖水妖制的水燈，晚上可照明，還會發出湖水波動的水聲。」

涵天妃讓侍女端上水燈，仔細端詳。水燈觸手冰涼，水晶晶瑩剔透，發出微光，觸到手溫竟會變成深藍色，果真讓人愛不釋手。涵天妃，笑著說：「甚好，甚好。」

祁默說：「父皇說姨母一定會喜歡這盞燈的。」

涵天妃摸著水燈的手頓了頓，但視線沒離開水燈，問：「默兒，你父皇身體可好？」

祁默答：「多謝姨母掛心，父皇身體無礙。」

涵天妃讓侍女把水燈收好。

侍女扶祥宜站起，優雅地福了福身，溫柔，輕聲細語地說：「默哥哥。」

祁默微微垂目，應了一聲：「祥宜妹妹。」

臨夕笑笑，背著手說：「默哥哥好。」

祁默笑笑，撫了撫臨夕的頭，說：「幾年沒見，夕兒長這麼高了。」

臨夕親切地拉著祁默的手，說：「默哥哥你來也不早說，不然就讓你帶上紫匹果給我，我好幾年沒吃了，挺想念的。」

祁默說：「早就給你府上送去了，傻丫頭。」臨夕咯咯地笑道。

涵天妃問了問祁默魔界族人的狀況，然後就讓祁默去蓮池入席了。

閣樓下五十五個賓客到齊了，宴席正式開始。禮樂閣的樂師奏起廷樂。

涵天妃翻開案前的紙，對著閣樓下的賓客望去。

第十二章 竹林赴約暗許情

涵天妃三日的壽宴熱熱鬧鬧地過去。

碧霞殿內，祺皇子、祁默和臨夕喝著茶。

祁默用小刀撥開紫匹果的硬皮，挑出果肉放在盤上。臨夕依著茶几，一口接一口地吃。

祺皇子對祁默說：「這種事，讓素禾做就是了，何必麻煩。」

祁默微微笑說：「夕兒愛吃，怎麼就麻煩了？」

臨夕贊同說：「還是默哥哥好。」

祺皇子不屑地挑挑眉，說：「你默哥哥來了，看來我這個親哥哥可以往旁邊站了。」

臨夕嘻嘻笑。

祺皇子說：「祁默，這回可是要在天庭住上一會兒？」

祁默拿起手帕遞給臨夕，指了指她嘴角的紫匹果汁，說：「夕兒，今天就吃這些，紫匹果雖美味，但還是偏涼，剩下的，改日再吃了。」

祁默放下刀子，掃了掃手，素禾捧上手盆給祁默洗手。

祁默說：「在這裡倒比我們那兒清淨。那些元老嘮嘮叨叨的，煩人。」

夕兒嚥下最後一顆果肉，嘻嘻笑：「默哥哥，在這裡可是要準備迎娶你的新娘子呀？」

祁默和祺皇子兩人瞪大著眼。

祺皇子急忙問祁默：「你說親啦？我怎麼不知道？」

祁默蹙著眉頭，轉頭問臨夕：「夕兒，什麼新娘子？」

臨夕一手撐著下巴，揚揚眉說：「我那日看到天妃娘娘給祥宜姐姐選婿的名單。默哥哥的名字上，可是畫上一個大圈。」一邊講一邊在空中畫圈圈。

祺皇子嘿嘿笑說：「那可要恭喜你啦。這會兒可是親上加親了。」

祁默匆匆站起來，眉頭皺得緊，然後快步往外走了。

祺皇子和臨夕對祁默的反應有點愕然。

◎

數日後，祥宜公主差了侍女來請臨夕。

臨夕來到蓮蓬池的小亭子。祥宜坐在亭子一角，望著蓮池不語。

臨夕喚：「姐姐。」

祥宜別過頭，用手拭了拭臉，微笑轉頭說：「夕兒，你來了。」她揮了揮手，兩個侍女退了下去。

臨夕看到祥宜臉色蒼白，臉上還有眼淚劃過的痕跡，眼睛裡滾動著淚珠，顫抖著雙唇，本來就嬌嬌弱弱的模樣，此刻更是叫人憐惜。

臨夕坐下，抓起祥宜的雙手問：「是發生什麼事了，姐姐怎麼就哭了？」她是第一次看到祥宜如此失態。儀態一直都是祥宜拿捏得最適宜的項目。

被這一問，祥宜眼淚真真止不住，往下流。

臨夕靜靜地坐在一旁，等著祥宜。

祥宜哭了半晌才在抽泣中說：「默哥哥，他說他不要我。」

臨夕瞪大這眼說：「什麼！默哥哥……」

祥宜點點頭，低著頭說：「那日，他來拜見母妃，他告訴母妃他沒有娶我的打算。我剛好走過母妃的寢室，這些，我全聽到了。」

臨夕說：「那，天妃怎麼說？」

祥宜答：「母妃說我們皇家子女婚事從來不自由。」頓了頓，又接著說：「後面，後面什麼也沒講。」

臨夕說：「我那日看紙上圈的名字也不止默哥哥一人。姐姐你別著急，裡頭的人選都不錯。父皇，母后和天妃都那麼疼你，一定給你挑個最好的。」

祥宜眼淚灑下，滴濕了裙擺。她依舊垂著頭，輕聲地說：「可是，我只中意默哥哥。」

臨夕咬著下唇，一時不知該說什麼。

聽說，隔天一早，祁默辭別天帝回返魔界。

֍

臨夕回到壁霄殿時，紅彤彤的日光斜斜照在殿中的地板。她心裡因祥宜的事有點難過，但她腦海裡不斷重複想著祥宜轉述的一句話：「皇家子女婚事從來不自由」。她自懂事以來，就知道天帝早給她說了藥王大殿下的親事，這麼多年來，她只當這是一件遙遠的事，所以從沒為這事心煩。今兒看著祥宜為了自己的親事如此苦惱，自己心裡不由得不踏實起來。

素禾見自家主子回來了，興匆匆地說：「我的好主子，你怎麼現在才回來。楚絲房的人已經來了兩回了。」

臨夕意識闌珊地說：「楚絲房來做什麼？要裁新衣裳嗎？」

素禾嘻嘻說：「是呀，天后讓楚絲房給你準備卓禮用的衣裳。」她指了指擱在案上的供盤，說：「你看，這是天后為公主挑選的緞子，是雲蠶織的料子，可美了。」

臨夕栽坐在席上，不說話。

素禾一面給臨夕遞上面巾，一面嘀咕著臨夕錯過繡娘們的事宜。素禾見臨夕不答話，就說：「我看公主是累了吧，那我讓她們明日再來好了。」說罷，頭也不回地跑了出去。

夜晚，臨夕抱膝看著龐大的月亮，沒有一絲睡意。她清楚知道行了卓禮後，就表示她的婚期也將近。這場眾人期待已久，藥王大殿下和天帝嫡女的婚事，將會是大家津津樂道的天界盛事。她以前不想、不顧、不管，現在現實卻放在她眼前，已不容她再去無視。

她的性格不像祥宜，沒有痛哭流淚的勁，她只是覺得非常無奈、心裡空蕩蕩的。她問自己是否真的可以接受這樣的安排，甘願就這樣嫁於一個素未謀面的男子嗎？

殿外涼風習習，赤子花的花香充斥著夜晚。臨夕看著月亮，憶起在伏懿山和方元對月交談的那個晚上。她想起在飛流的瀑布中，方元看著她吹著塤的樣子。她困惑和無力，這是一個怎麼樣的問題。

臨夕打開左掌，喚出塤，抿著嘴吹出方元教她的曲子。本來輕快的曲子被她吹得哀怨，滿溢愁緒。臨夕腦力浮現伏懿山月光下，她為方元吹響這個塤，在瀑布下閉眼沉默的方元。她想著即將到來的卓禮，滿臉期待她婚期的母后。她想著，那位怎麼樣想，也想不出樣子的未婚夫婿，她胸前一股憤慨，卻又能向誰說去？臨夕讓自己細細感覺心裡的酸楚。她別無他求，只願他知道她的心意。那刻，她做了一個決定，她驛動的心需要一個確定的方向。

❁

翌日，臨夕讓人去請方元在千竹林見面。

臨夕為了赴約，精心地裝扮了一番。她穿上白色中衣，配上火紅色紗裙，腰間用一條雪白亮絲帶緊緊綁住，更顯得她的身段窈窕。烏黑柔軟的長髮分成上下兩段，上面一段她讓素禾編成一個複雜的雲髻，再用一隻紅珊瑚簪子固牢，下面一段，則隨意瀉在肩上。

臨夕一向心性隨意，對穿著打扮一點也不上心，勝在本來就是天生麗質，怎麼看也是嬌顏難自棄。此次竟主動打扮起來，把素禾樂得可以，心想主子終於開竅了，沒有辜負她的一身好樣貌。

臨夕在千竹林裡的小亭子等待。她的心裡忐忑不安，手指在石桌上不停地叩著。一向坦蕩的她，懊惱著自己竟也有心怯怯的時候。

風，依舊吹得竹子林沙沙作響。

一襲紅衣裳的臨夕在一片綠的竹林裡特別顯眼，方元站在遠處，欣賞眼前如畫的一幕。綠葉婆娑，細腰美人安坐在林子裡，一片烏黑的秀髮伴著雪白如凝脂的皮膚。不知道什麼時候開始，那日天真爛漫的妙齡少女，已變成一個楚楚動人的女子。他不知道何時，她的一個身影也能悄悄卻又深深地觸動他的心。

方元嘴角揚起笑意，踩著腳下飄落的竹葉來到臨夕身邊。

臨夕轉頭，方元立在亭子外。

「元哥哥。」她怯怯地應了一聲。

方元走進亭子裡，在臨夕身邊坐下，說：「找我是有什麼事嗎？」

臨夕沒有直視方元，她抿著嘴，琢磨著怎麼開口。

半晌，臨夕深深吸了一口氣，說：「母后在操辦我的卓禮了。」

方元抬眼看著臨夕，意識到她要五百歲了，要行卓禮。

臨夕接著說：「卓禮後……」臨夕頓了頓，拽著自己的袖子，方元看她的手指用力得都發白了，不自覺地伸手蓋過她的手。臨夕接著說：「我的婚事就要成了。」

方元的眉目明顯地沉了沉，把手抽回，低頭垂目，沒有說話。他的心裡糾結著，嫡公主和藥王大殿下的婚事是眾所周知的事兒，這些日子和臨夕在凡間的相處下，他不是沒有反覆提醒自己，她的身份，他們之間的不可能。但，他的心，卻和自己的想法背道而馳。他讓自己的心放任地喜歡臨夕。

臨夕說：「元哥哥，我不想嫁給陸清黎。」

方元抬眼看著臨夕，臨夕眼裡的懇切，似乎在等待他的回應。

方元自然是千愁萬緒，但還是努力整理了自己的思維，語氣淡定說：「這是天帝賜的婚。」他的心裡排山倒海的痛楚猶如長江水一般地澎拜著。

臨夕堅定地說：「但是，我不願意！」

方元蹙著的眉頭更緊了，他有點急了，說：「天帝賜婚不是兒戲！」

臨夕猛地站起，雙手支著石桌，說：「我幾時當這是兒戲了！元哥哥，你當真，希望我嫁給陸清黎嗎？」

這樣的一道問題，臨夕脫口而出，絕了回頭的路。她的眼神充滿期待地看著方元。

方元愣坐在那裡。即使是有千百個不願意，不捨得，那又如何？這段本來就不屬於他的感情，是要捨棄的，恨自己後知後覺。

臨夕離開千竹林後，方元獨自坐在亭子裡許久。

臨夕無法等到她要的答案，便頭也不回地絕塵而去，腳下的竹葉被揚起，又散亂地零落在竹林裡。

第十三章 姐妹待嫁心不安

天帝嫡女，彩瑤公主，小名喚臨夕，卓禮將隆重地在壁霄殿舉行。壁霄殿數日前就開始為卓禮做準備，黃色亮面緞布掛在門匾上，華美的三疊宮燈高掛在門廊上，誇張的點綴營造出一團喜氣祥和。

天帝和天后坐在殿中的主位上。涵天妃、三個皇子和祥宜公主坐在下方側位。

禮儀司和司命閣的仙官整齊地列在兩旁。

吉時到，禮樂奏起。臨夕今日穿上黃色中衣，外面披上一件白色的羅衣，長長的裙擺邊還縫上白色羽毛，腰間繫上象徵成年的金紅滾邊彩帶。烏黑的頭髮用同色彩帶，整齊地盤起，露出修長白皙的脖子。臨夕在喜悅的禮樂中，雙手相握在胸前，垂著目，緩緩踏入正殿，最後立在殿中央。

禮儀司出列，開始宣讀彩瑤公主行卓禮儀的致辭。臨夕屈膝跪拜天帝和天后，然後長跪於殿中央。

司命閣良大司命出列，左掌喚出仙格簿。

此時，方元，方少司，出列，宣讀彩瑤公主生辰，出生時現的瑞象。

臨夕聽到熟悉的聲音，身體不由得微微一顫，她小心地抬眼看了看方元。

自千竹林一別，她就沒有再見方元。此刻再見他，心裡百感交集。

禮畢，天帝和天后讓臨夕平身。

禮儀司和司命閣仙官齊賀彩瑤公主卓禮圓滿完成。

禮儀司、絡司命，出列說：「臣，代藥王府，大殿下，陸清黎，送彩瑤公主大婚信物。」

天帝抬了抬手，絡司命捧著一個比手掌大一點的楠木盒子，恭敬地奉上給臨夕。

臨夕怔怔地看著絡司命掌上的盒子，一動也不動。

天后笑了，說：「這孩子打小就好玩，今日行了卓禮，成了大人了，當真會害臊了。」涵天妃微笑點頭，用手帕掩著嘴，矜持地跟著笑了。

天后說：「臨夕，還不接過黎殿下的信物？」

絡司命又把手捧高了些。

臨夕用顫抖著的手接過了盒子。盒子很輕，有淡淡的木香，盒身雕著日月和雲彩。

天后向身邊的侍女使了眼色，侍女走到臨夕旁，福了福身，打開雙掌，恭敬地從臨夕手上接過楠木盒子。

天后和天妃圍著楠木盒子，打開看，一隻精緻的白玉簪子躺在盒子裡。

涵天妃溫柔地讚道：「這簪子好寓意，黎殿下真是心思慎密。」

祺皇子湊上前看去，說：「這不是清黎平日戴的白玉簪子嗎？」

禮儀司問：「不知彩瑤公主是否準備了回禮給黎殿下？」

一般天界婚嫁，男方給新嫁娘準備定親信物，卻沒有規定女方一定要回送信物。

臨夕臉色有點蒼白，輕聲說：「好，容我好好想想。」

天帝此時說話：「良司命，清黎何時回天界？」

良司命答：「回天帝，黎殿下過了凡間春季就滿五百天年的歷練，返回天界。」

臨夕感覺心裡一陣涼意。

天帝笑笑，撫著長鬚，回頭看了看天后，說：「天后，是該開始操辦臨夕和清黎的婚禮了。」

天后說：「不急，我們先把祥宜的婚事辦好，再給夕兒辦，也不遲。」

原本在一旁坐得直挺挺的祥宜，半張臉用扇子遮住，一下子臉色刷白，兩眼瞪得大大的。涵天妃，掩嘴微笑。

碧霞殿一片喜氣洋洋。

❁

翌日，臨夕把卓禮當天用來綰頭髮的紅金絲，綁了一個如意結，再串上九粒從凡間帶回來的海珠，送去藥王府給黎殿下當大婚信物。

彩霞公主卓禮後，天界又熱鬧起來了。天帝為祥宜公主賜婚，幸運兒是天兵部，沢大元帥的大公子，沢治。沢治與祥宜年齡相仿，在天兵部任職騎兵總領。近千年來已無戰事，雖未封大將，但得沢大元帥親自教導，精通兵法，訓練騎兵有素，拿手兵器是長槍。天帝賜沢治為顯武公。婚期就定在三十天年後。

臨夕在聽聞賜婚的消息後，到蓮蓬池向祥宜賀喜。不過她早知道祥宜喜歡的是魔界的祁默，與其說是來賀喜，倒不如說是來開解她的。

臨夕踏進祥宜的寢宮，內室擺滿了各閣送來的賀禮，還有天后賞賜的珠寶琳瑯滿目。仙童們忙著搬賀禮，侍女們忙著做記錄，大家都忙得不可開交。臨夕讓內室的仙童，侍女退下。

待嫁美人，半躺在榻上，一手撐著頭，一手蘭花指翹，擰著手帕，靜靜拭淚，幾日食不下嚥，憔悴了不少。臨夕嘆了一聲，說：「姐姐莫哭了。」

祥宜別過臉，哭得更傷心了。啜泣中勉強聽出她和涵天妃表明自己喜歡祁默，但天妃說不願意讓她遠嫁魔界，後來她不依，和天妃鬧脾氣，還被罰跪了，說著，手摸了摸自己的膝蓋。

祥宜梨花帶淚說：「嫁一個整天玩槍弄刀的莽夫，我不依！」雖說是氣話，但是隨即又哭了起來。

祥宜突然想起什麼，急坐起來，緊緊拉了臨夕的手，說：「夕兒，不然你去和天后說去？也許天后會準呢？」

臨夕看著祥宜哭喪著的臉，頗無奈地說：「你的婚事，我想，母后和天妃早就商量好的，去和母后說，我看也沒用。而且天帝賜婚一事，已公告天界，怎麼可能有迴轉的餘地？」

臨夕不禁想了想自己，何嘗不是一樣的狀況，也跟著嘆息。她對方元的心思，萬萬不能有第三個人知道，否則方元可能會遭罪。她有婚約在先，卻對別的男仙動心，誠然他們倆沒有逾越的行為，但畢竟不是一件可以攤開來談的事。

第十四章 洞中戴簪斷情絲

凡間，伏懿觀。冬雪在春光中融化，上山的路異常濕滑，所以沒有香客到訪。陸清黎坐在窗前為《伏懿藥籍》添字。屋外一顆長白的松樹被白雪覆蓋著，樹枝上積的雪沉了，樹枝便咔嚓一聲斷裂。了衣子捂著手在火盆前哆嗦，說：「這山上的冬天已過，卻倍覺寒冷！我現在倒想念懷粵，冬天也不過加件衣服，也沒這麼難受。」

陸清黎嘴角挑起笑意，說：「我記得你以前也說懷粵的夏季像老君的煉丹爐。」

了衣子瞇著眼笑說：「哎，也是的。還是咱們天界好。」接著又說：「懷粵現在應該喝上楊梅酒了。」一臉陶醉狀。

陸清黎笑笑，搖搖頭。

一大片積雪遇陽光消融，啪的一聲，從屋簷砸在門前。了衣子抓起掃把把雪往外掃。

了衣子掃了掃手，說：「公子，好了，我們可以出發了。」說畢，背起兩個布袋。

陸清黎把墨汁吹乾，再闔上《伏懿藥籍》遞給了衣子。

陸清黎問：「哩麻草和鍬蟲粉都帶上了？」

了衣子拍了拍背上的行囊，示意帶齊了。

陸清黎和了衣子闔上小房子的門，下山去。

到了半山腰，陸清黎讓了衣子先行下去，他要再看一遍深谷那方瀑布。

✿

方元，方少司和夕公主帶著兩個隨從，又登上伏懿山。這次下凡是為了視察秋季招粉蝶布花粉的成效。兩個隨從留在小竹屋候著。方元和臨夕兩人一路上沒有說話。方元也故意和臨夕保持一定的距離。臨夕想，凡間只過了一個季節，兩人的關係就從相識、相知、到現在的冷漠，不禁覺得有點諷刺。

初春的瀑布，水量多，更有氣勢，水傾瀉落在綠潭中發出震耳欲聾的聲響。

方元和臨夕站在瀑布前。方元抬起右手，兩指一揮，瀑布像簾子一樣刷開了一個縫。方元抬腳步入瀑布後的山洞，回頭向臨夕伸出手。

臨夕看著方元伸出的手，猶豫了一下，還是搭了他的手進了山洞。

兩人一進山洞，瀑布水簾又拉上了。

洞內兩人面對面站著。陽光透過水簾進入山洞裡，朦朧般地照明山洞。山洞裡，瀑布飛濺而下的聲音震耳欲聾，像人置身於洪鐘內。

臨夕捂著耳，抬眼看著山洞的頂端，佈滿綠茸茸的青苔，空氣有一股淡淡的青草味，洞壁也有不少處有山水涓涓流著。

山洞地面是凹凸不平的石頭，石縫中有許多四葉細細狹長的嫩芽。方元蹲下仔細檢查這些發出的芽。

方元微笑地朝臨夕招了招手。臨夕走近他，蹲下看著他手裡捧著的哩麻草新芽。他們布的花粉成功了。臨夕欣慰地笑。兩人四目交集。臨夕覺得自己的心又是一陣痛。

臨夕站起，掐著自己的手，強忍住淚。

她眼角似乎看到方元在嘆息。

臨夕抬起左掌，喚出彩雲附日簪子。方元定眼看著這幕，並不明白臨夕是什麼意思。突然，臨夕揮手一擲，簪子落在地上，斷成三段。

方元錯愕地看著臨夕，她的眼中交集著哀怨和憤怒。

方元蹲下，小心拾起斷簪。他把簪子排列好，拔了一根哩麻草根，用兩指催動法力，草根化成細細的金絲緊緊繞著斷裂處，彩雲附日簪子被他修復好了。

方元站起，來到臨夕跟前。他溫柔地，輕輕地把簪子插在臨夕的雲髻上。

方元背著手走到水簾前，屈指水簾開出一道縫，他步出山洞。

灼熱的淚從臨夕的眼睛湧出。方元為她別上簪子時，她就明白了，她的堅持並沒有得到方元的回應。她剛萌芽的情感，還沒來得及沐浴春風，就蕭索枯萎了。

喧囂的水聲依舊充斥整個山洞，臨夕放聲吶喊，卻聽不到自己聲音。

臨夕從山洞裡走出來，耳朵還是轟轟作響。她在瀑布旁的大石上坐下，讓自己的思緒沉澱。

◎

陸清黎來到瀑布綠潭，春天的時分，水流充裕，比起秋季時分，瀑布此時更加壯觀。在懸流的水間，一件白色皮裘被風揚起，陸清黎看見瀑布旁大石頭上端坐著那個懷粵女子，也是那個在蒲葦田抱著幼鹿的女子。在御寒的皮裘下，女子穿著綠色羅裙，腰間繫上紅色絲帶，正望著下方綠潭的水。她伸出左掌，掌上化出塤。陸清黎以為她又要吹奏塤。可是女子把塤放到嘴邊好久，也沒有聽見任何聲音發出。突然，女子把手中的塤大力擲向潭中央。此時，雲層破開，太陽正正照在女子身上，她的髻上有東西閃閃發亮，陸清黎仔細瞧，竟是他的彩雲附日簪子！陸清黎還沒來得及反應，女子瞬間消失不見。

通凡返天歷練成

陸清黎和了衣子一前一後地踏上通凡境。

太烏仙人把手作揖說：「恭賀黎殿下歷練成功。這是返天界文書。」

祺皇子上前搭著陸清黎的肩，說：「兄弟，你可是回來了！」接著哈哈大笑。陸清黎笑著給太烏仙人和祺皇子作揖回禮。

了衣子接過太烏仙人遞過來的文書，攤開來給陸清黎過目。

陸清黎看了看，點點頭。太烏仙人接過文書，把文書折好，說：「文書小仙稍後交給司命閣。」

了衣子笑嘻嘻地說：「老仙人，我們可是從你老家回來的。」

太烏仙人樂開了懷，挽了挽長鬚，說：「找一日，容老仙請仙童飲茶可好？」

了衣子笑說：「行！」

祺皇子說：「巧得很，夕兒才回來不久，你就跟著回來了。」

了衣子驚訝問：「什麼，夕公主也去了凡間？」

陸清黎解下身上的大裘，了衣子趕忙接過。

太烏仙人答：「這位公主，可真不一般，小小年紀就下凡三回了。她才回來不久，您就跟著回來了，您說，這巧不巧？」咯咯笑兩聲。

陸清黎靜靜不語，似乎在思索什麼。

祺皇子說：「走吧，我們回藥王府去。」

太烏仙人說：「且慢，黎殿下，待小仙將您的法力解封了才好。」說畢，太烏仙人從懷裡取出竹扇，在陸清黎的左肩拍了拍。

太烏仙人說：「成了。拜別黎殿下。」作揖行禮。

臨夕回到碧霞殿，貼心的侍女就備好湯池給公主沐浴。臨夕坐在溫暖的水中，把頭靠在池壁上。她細細回想和方元在凡間的日子，回憶雖然不多，但對她來說，多是甜蜜的。既然方元沒有意思在一起的打算，那她也應該把這些回憶好好收藏，前面的日子還是要好好過的。

臨夕想通了，勺起水裡的花瓣往自己臉上潑，然後整個人浸在水中。

第十六章 種樹請茶待重逢

金碧輝煌的天壽宮正殿，麒麟祥號響起。眾仙官排列到位，天帝登座。照例，由各閣閣老述職呈報。

沒有內閣職位的女眷不可在正殿，但今日是一個特別的好日子，陸清黎將受封齊楠公位份，臨夕在天帝恩准下，站在殿旁的屏風後觀禮。

待一切內閣事務呈報完畢，就是冊封的儀式了。

司命閣、良大司命出列，宣陸清黎。

陸清黎出列，長跪於殿中央。他今日穿著粉色官袍，頭髮用紅色絲帶束起，腰間繫上金紅絲帶，佩上臨夕送的如意結，他還在如意結上加了一塊雕著雲彩的菱形白玉，別有新意。

臨夕站在屏風後，咬著一隻手指，瞪大了眼窺看陸清黎的側面，總覺得哪兒眼熟，恨不能走近點瞧。她對自己說，不為什麼，就是好奇。畢竟如果能在大婚前看看這位人人誇讚的青年才俊與未來丈夫長什麼樣，也不錯。

良大司命念了冊封文，陸清黎叩拜天帝，接過冊封冊文，禮畢。陸清黎退回大殿側，背對臨夕。臨夕只能乾巴巴地看著背影，未能見得未來夫婿的顏面，掃興得很。

冊封禮後，齊楠公，陸清黎搬進天帝御賜的府邸，陽正樓。

雖然還沒有正式見過面，臨夕覺得自己應該表現大方一點，或許可以送東西給陸清黎，賀他喬遷之喜。琢磨老半天也想不出一個像樣又得體的禮物，索性打起祺皇子的主意。

臨夕請了祺皇子來碧霞殿吃飯。臨夕客氣，親自為皇兄倒茶佈菜。

祺皇子眉頭挑了挑，捉狹道：「哎喲，今日是什麼黃道吉日，皇妹妹如此客氣？」

臨夕感覺自己的臉熱熱的，嘻嘻說：「三哥哥，這是什麼話。你我二人哪來的客氣之說？」然後扒了一大口飯，些許太心急，竟噎著了，猛咳嗽。

祺皇子俯身拍了拍臨夕的背，又遞上茶，說：「說吧，是不是有求於我呀？」

臨夕見瞞不過這個自她在襁褓時，就把她捧在手心上養的哥哥，便開始支支吾吾、靦腆地答：「不就是想給齊楠公送個賀禮嘛。」

祺皇子有點吃驚，問：「齊楠公?送禮?」

臨夕故作鎮定，垂目喝茶，淡淡地說：「齊楠公喬遷大喜，送個禮很應該啊。」

祺皇子迎合道：「嘿，是，是應該。」挑眉暗笑。

臨夕抬眼說：「那祺哥哥覺得送黎殿下什麼才好呢?」眼睛瞪得大大的，期待地看著祺皇子。

祺皇子放下筷子，一手支著下巴，說：「清黎嘛，人就簡單，有空時，愛看書，弄點花草什麼的。」

臨夕小聲說：「哦。」思緒飛快地轉，朝書、花、草這方面想。

翌日，臨夕在院外親手折下赤子樹一枝枝葉比較茂盛的樹枝，找來一個盆，裝上泥土把折下的赤子枝插在中間。她掐指給赤子枝輸了一點靈力。

素禾撓著腦袋，說：「要送樹，為什麼不叫農諺院那裡挑一棵，送過去就好了？」

臨夕看著赤子新樹，笑笑說：「送禮講究的是誠意，挑一棵現成的，不如我親手種的，你說不是嗎？」滿意地笑了笑。

素禾搖搖頭說：「還是不懂。」

臨夕笑笑，把盆子遞給素禾，說：「你給黎殿下送去。」素禾欣欣應下。

素禾來到陽正樓，把赤子樹恭敬地送到陸清黎手上，說：「黎殿下，這是夕公主自己在院子裡折下來的赤子樹。祝賀黎殿下，喬遷之喜。希望黎殿下笑納。」

陸清黎收到臨夕的禮物時，有點意外，但也非常開心，不經意露出淡淡的微笑。他親自把赤子樹移種在陽正樓的西面，面向素霄花海。

每天清晨，陸清黎親自給小樹澆水。赤子樹在他的用心照顧下，開始茁壯成長。

陸清黎在赤子樹旁造了一個小亭子，愛在亭子裡喝茶看書，有的時候又會盯著赤子樹看。有一次，祺皇子就看到陸清黎對著樹發呆地樣子，捉狹說道：「送一棵樹就讓你對她朝思暮想，待她嫁於你，還得了？」

當然，陸清黎呆看赤子樹的事，也由祺皇子闡述給臨夕聽。臨夕聽了，害羞得耳根都紅了。

過了幾個月時間，在一個微風陣陣的傍晚，赤子樹開出第一朵花。陸清黎開心極了，看著白色小傘狀的赤子花，想像臨夕種這棵樹的模樣，就有一種莫名的感動。思慮幾日後，他寫了一封請柬給臨夕送去，邀請她過府賞花。

其實，臨夕在天界到處走動，唯獨陽正樓令她望而卻步。她並不怕人言，就是覺得如果貿然造訪素未謀面的未來夫君會有些許尷尬，如今陸清黎主動邀請，她的心多少有期待和羞澀。

素霄花海為背景，赤子嫩枝隨風搖擺，小亭子裡擺上茶果，茶壺在爐上燒著，陸清黎捧著書靜靜坐著，等臨夕到來。雖是捧著書，可一個字也難以讀進，陸清黎有點懊惱。

臨夕按著時辰來到陽正樓。陽正樓建在素霄花海邊上。風吹過時，粉紅色素霄花瓣被揚起又落下，一波一波的花浪澎拜，十分好看。她遠遠就看見赤子樹旁的小亭子內坐著一個白衣男子。男子用粉色絲帶束髮，腰間的同色繫帶，絲帶隨風飄逸。

臨夕捂著胸口，心裡有點忐忑，她摸了摸雲髻上插著的彩雲附日簪子，深深吸了口氣，整了整羅衣，大步走上前。

陸清黎聽到腳步聲，轉頭迎向貴客。

兩人四目交接，一下子沒人說話。

最後，臨夕先開了口。手指半捂著嘴，瞪大著眼，說：「是你，醫師？」

陸清黎嘴角揚起笑意，兩眼透著柔柔的光芒。他禮貌地拱手作揖，說：「夕公主。」

臨夕覺得自己的臉開始發燙，一時想不出要怎麼接話，最後只能禮貌地福了福身，說：「黎殿下。」

陸清黎舉手禮請狀，臨夕踏入亭子內，在陸清黎對面坐下。

陸清黎為臨夕倒了一杯茶。臨夕還是瞪著陸清黎看，腦子裡回想著當初在伏懿山為小鹿施藥的陸清黎。半晌，兩人無言地品著茶。臨夕看著桌上擺的茶果，都是她愛吃的，抿了抿嘴笑，不用猜，也知道必然是祺皇兄告訴黎殿下的。

陸清黎抬眼看著臨夕，微笑著指了指赤子樹，說：「謝謝夕公主的赤子樹，你看它長得可好？」

臨夕站起來，背著手到赤子樹下抬頭看了看茂盛的枝葉，雖然現在還未到正花期，只有零星幾朵赤子花開了，但也看得出樹下的樹根扎得穩。

陸清黎步出亭子，站在臨夕身後。臨夕禮貌得體地答：「黎殿下著實用心，赤子樹長得好呀。」

陸清黎微笑說：「這是夕公主送的，怎可不用心。」

嗎？」

臨夕轉身面對陸清黎，側著頭問：「黎殿下，你在伏懿山時，你就知道我的身份

陸清黎看著臨夕依舊通透的眼神，如實回答：「不，我們在蒲葦田相遇時，我並不知曉夕公主的身份。後來，我在谷內的瀑布旁又看到夕公主。」

臨夕的眼神此刻有點遊移。陸清黎指了指臨夕髻上的簪子，接著說：「夕公主當時帶上這個簪子，我才知曉您的身份。」

臨夕下意識地碰了碰簪子。

兩人步入亭內繼續喝茶。

臨夕問了陸清黎在凡間歷練的過程。陸清黎將五百年在凡間去過的地方細細地與臨夕分享。臨夕聽得津津有味，原來自己下凡間不經意地碰上陸清黎幾回。

兩人雖然不說，對這冥冥中似乎已經安排好的相遇，不禁有所感慨。

兩人一壺茶飲盡，話已投機。

陸清黎把臨夕送回碧霞殿。在碧霞殿外，陸清黎輕聲問：「夕公主。」臨夕抬眼看

著陸清黎：「誒？」

陸清黎接著問：「我今後，可以叫你夕兒嗎？」

臨夕臉上一陣緋紅，心裡卻是甜滋滋的，咬著下嘴，點點頭，然後連跑帶跳快速步入殿中。

陸清黎嘴角揚起燦爛的笑。

❁

幾日後，陸清黎給臨夕送了一個楠木雕刻的幼鹿，樣子竟和蒲葦田那隻幼鹿很相似。臨夕捧著木雕，看了又看，心裡暖洋洋的。下一秒，又苦惱還什麼禮才恰當。她突然恨自己的不學無術，一般女仙著重的禮教，禮樂修身養性的學問，她一向沒興趣，沒能撫琴、作詩、書畫相贈。比較能拿得出手的是小術法、使神鞭，但這些還真不是合適的禮物。

琢磨了一個晚上，她決定送兩隻自家院子裡的五色仙鳥，不過，單單送靈獸彰顯不出她的誠意，所以她勵志要訓練仙鳥做一些飛舞的動作。臨夕養的仙鳥，一向任它們自由生長，可從雛鳥開始便是臨夕親自餵養，所以和主人非常親近，肯直接從她手上啄食，也任她順一下羽毛。她以穀物為誘和獎勵，讓它們從赤子樹上飛下，但無奈這些仙鳥都已成年，要教新把戲，著實有點困難，飛到她身邊也只顧吃，任臨夕怎麼指揮也不照她的號令飛舞。臨夕努力了一天，精疲力竭，仙鳥吃飽了，連理都不理臨夕，讓她實在是洩氣。

兩日後，臨夕覺得既然仙鳥不聽使喚，起碼做得到從手上啄食，又讓人順羽毛，也不是沒有可取之處，所以還是依照之前的決定把仙鳥送給陸清黎。

她待將近日落，估計陸清黎應該從藥醫閣返回陽正樓時，以穀物為餌將兩隻仙鳥，關進一個籠子裡，親自到陽正樓送禮。

到了陽正樓，臨夕打開籠子的門，兩隻五色仙鳥，有點惶恐地步出籠子。臨夕蹲下說：「這就是你們的新家了。要乖哦。」拍了拍仙鳥的小頭。

「夕兒。」陸清黎不知什麼時候來到臨夕身後，輕聲喚了臨夕一聲。

「黎哥哥。」臨夕笑笑應到。

陸清黎第一次聽到臨夕這樣稱呼他，竟有點不好意思，但嘴角不自覺已揚起笑意。

「黎哥哥，這是我養的五色仙鳥。我想把它們送給你，好嗎？」臨夕靦腆地問，一句話說完就臉熱耳紅。

此時，兩隻仙鳥看到樓旁種的赤子樹，像是在陌生的環境找到一個熟悉的事物般，雀躍不已，展翅飛上枝頭。

臨夕抓了一把穀物在手上，把手抬高，仙鳥又從赤子樹上飛下，落在地面。臨夕蹲下，把手伸出，兩隻仙鳥貪婪地從她手上啄食。

陸清黎在臨夕旁蹲下。臨夕用另一隻手輕輕地撫摸仙鳥的羽毛。她突然拉了陸清黎的手，搭在仙鳥的身上，說：「黎哥哥，它們與你還未相熟，不過我想，你餵牠們幾日，就行了。」

陸清黎感覺著仙鳥的羽毛柔軟蓬鬆，而且體溫比人略高。仙鳥朝他「咕咕」叫著。

臨夕抬眼看到陸清黎溫柔的眼神，嘴角淡淡的笑，不由得有點出神。

兩隻仙鳥吃完臨夕手上的穀物，又毫無眷戀地飛上赤子樹上。兩隻仙鳥站在幼樹枝上，樹身晃了晃。

臨夕拍了拍手，把剩下的穀碎掃落。陸清黎從懷裡拿出帕子，無比自然地輕輕拉了臨夕的手，用帕子為臨夕拭手。臨夕的臉又是一陣緋紅。

陸清黎的下個動作卻叫人有點驚訝。他三支手指繞到臨夕的手腕後，竟把起脈來。

臨夕有點錯愕，但又覺得此時抽手，有點怪，就任陸清黎握著自己的手。

陸清黎垂目切脈，明顯的是，臨夕的心跳急速，他仔細地感覺脈搏的跳動。

半晌，臨夕探問：「黎哥哥？」

陸清黎抬眼，放開臨夕的手，說：「不好意思，習慣了。剛才察覺你的手有點涼，不自覺就想探一探脈。」陸清黎的面色雖然白皙，但是臨夕此時彷彿看到他兩頰逐漸變得紅潤。

陸清黎輕咳了一聲，轉頭看赤子樹，說：「夕兒，你知道赤子花有藥效嗎？」

臨夕側著頭，說：「我只知道赤子花味道好聞。有藥效嗎？」

陸清黎走到赤子樹下，伸出手摘了一朵赤子花。他將花心拔掉，把一個花瓣撥下放在臨夕嘴邊，頷首，示意臨夕吃下花瓣。

臨夕開口把赤子花瓣吃下。赤子花本來就香，放進口中卻有一點苦澀。臨夕眉頭微蹙。陸清黎輕聲說：「赤子花少量吃有活血的功用。可以生吃或拌糖吃。」

臨夕點點頭，說：「哦。」

下面幾天，陽正樓的了衣子便常到碧霞殿送東西，一會是紅蜜棗，一會又是桂圓茶。幾次來回，就和臨夕的貼身侍女素禾熟絡起來。陸清黎還寫了一張養身食譜，讓碧霞殿準備。

臨夕每每收到陸清黎送來的東西，心間充滿暖意。她雖然自小便是天帝天后的寵女，但是，這般貼心的照顧，著實是不一樣的。

過了幾日，臨夕來到陽正樓探望仙鳥。仙鳥從赤子樹飛下，落在臨夕的腳邊，「咕咕」叫著。臨夕看得赤子樹樹幹上掛了一個大葫蘆。葫蘆下方開了一個洞。

陸清黎從樓上看到臨夕來到，快步地來到臨夕身邊。

臨夕在陸清黎面前少了拘束，歡喜地叫道：「黎哥哥。」指了指葫蘆接著問：「那是做什麼用的？」

陸清黎臉上掛一抹笑，他理了理臨夕額前的碎髮，答：「仙鳥可能不習慣從我手上啄食。我把穀物放在葫蘆裡，那它們也就能自由進食。」

臨夕點頭，說：「嗯。」

陸清黎攤開兩手，看著自己的手又說：「或許是我長期處理草藥的關係，所以手上多少有草藥的味道，它們不喜歡。」

臨夕側頭道：「味道？」她拉了陸清黎的雙手湊到鼻尖聞。陸清黎的手指，白皙修長，骨節分明，指間確實有一股淡淡的味道，臨夕嗅了嗅，不像草藥，倒像茶香。臨夕嫣然一笑。陸清黎扣起手指，輕輕地牽著臨夕的手。一對璧人在素霄花海邊上，相視而笑。

第十七章 喜慶無常南天門

黃道大吉日，吉時到，大紅鑾轎子停在秀麗軒外。禮樂奏起歡快的旋律。秀麗軒大殿，祥宜身穿大紅喜服，頭頂鳳冠，披上黃色喜帕，手持圓扇遮臉，長跪於殿中央。天帝、天后與涵天妃三人盛裝端坐在殿前。皇族皇子、臨夕、魔族三皇子、祁默，在側觀禮。

禮儀司宣《嫁娶文》，新嫁娘俯身磕頭，拜別天帝、天后和涵天妃。由於祥宜公主屬於下嫁，因此顯武公，沢治，必須下馬跪迎公主上轎。祥宜由喜娘牽著慢慢地、優雅地坐上鑾轎，簾子垂下，顯武公跨馬，迎親的隊伍浩浩蕩蕩地往元帥府前進。

祥宜坐在鑾轎裡，頭上的喜帕長至胸口，她睜眼也只能看見黃涔涔的喜帕，垂眼只能看到自己的鞋。轎子晃晃悠悠地向前進，祥被晃得有點暈眩，開始下意識地摀住胸口。

顯武公，沢治身穿一身火紅喜服，騎在綁著紅綢的戰馬上，威風凜凜、英姿颯爽，路過各個宮殿，人人拱手恭賀。

就在此時，南天門一陣炮聲響徹雲霄，地面也隨之震動。

眾人被突來的聲響嚇到，樂師分別停止奏樂，沢治勒了馬繩，舉手示意迎親隊伍停下。往南天門方向看去，南天門上空烽火連天。

沢治蹙眉，騎馬到鑾轎邊，向祥宜報：「公主，南天門似乎發生事故，臣等，在此等候通報。」

祥宜看不見外面，又六神無主，只能點頭示意。

沢治命眾人一併往右邊靠，讓出一條路方便通報的人。

不久，一位著天兵服的兵士快馬來到，急報：「報！總領，魔族在南天門處擲通天彈，南天守衛六十兵士全歿，現時魔軍上千人已登上天界南邊，還有估計兩萬魔軍在近處。大元帥已披甲帥兵迎敵！」

沢治瞪大眼睛，吼：「什麼！」他怒眼瞪向南天門方向。迎親隊伍聽到魔界攻打天界，一時慌了陣腳，有人大喊，有人哭鬧。

沢治在馬上喊道：「眾人聽令！禮儀司聽令！馬上把公主送回秀麗軒，不得有誤！」說畢，兩腳一跺，快馬加鞭向元帥府奔去。來報訊的兵士也跟著走了。

走在迎親隊伍最前的禮儀司，一臉煞白，但還是高聲指示八人轎夫往回來的路上走。鑾轎比之前更晃、更快，祥宜緊張地一手扶著頭上碩大的鳳冠，一手扶著轎座，不知所措。

鑾轎轉角在秀麗軒停下，祥宜一手扯下喜帕，從鑾轎急急下來，一票送嫁的人慌亂地往秀麗軒內殿湧進。此時，涵天妃和天后焦慮地握著彼此的手，臨夕愣著呆坐在椅子上，看到祥宜進來，大家不約而同喊：「祥宜！」四人抱頭痛哭起來。本來喜慶，熱鬧的場面，此時驟變，讓人無從適應。

天帝和三位皇子，在知道南天門被炸後，已離開秀麗軒趕往天壽宮。臨行前，天帝命人將祁默押下，待戰後審問。祁默一臉錯愕，顯然對魔界突發攻擊天界不知情，但也因為身為魔族皇族，顯然脫不了嫌疑。

此時，天界南邊戰鼓響起。

第十八章 魔界入侵仙四散

南天門。

魔軍主帥是前魔首，煉伏魔帝的心腹，現今魔界軍統領，也是準太子，祁蘊的岳父，台也育。台也育的真身是蜥蜴，大眼如銅鈴，眉頭兩處凸起形成一個深深的川字，面貌猙獰，不需話語也能憑樣貌震懾人心，一頭灰銀髮，編成辮子垂在腦後。他身披黑麟甲，在烈日下，閃亮發光，騎在一頭黑豹上，仰視南天門白色的門樓。千年前戰敗，他和魔帝嫡子，祁連，領著降書跪在此地，天帝居高臨下，宣魔界為附屬地。以往的事，在腦海裡快速反轉，他卻開始仰頭大笑。儲備多年的軍隊，此次要一雪前恥。

台也育後面還跟著眾多魔界的軍隊，蓄勢待發。打頭陣的前鋒已成功投下通天炮，南天門被炸了一個大窟窿，守門衛士不堪一擊，全軍覆沒。

「天界多年無戰事，防護竟如此鬆散，皆是一批無用之輩！」台也育吭聲冷笑。

台也脅抬起左手，魔軍的衝鋒戰鼓鳴起，魔軍兵士井然有序地排成方陣，隨著戰鼓的響起備受激勵，隨之齊聲吶喊助威。

突然，在戰鼓中幾乎聽不出的幾聲「嗖嗖」聲中，擂鼓的魔軍兵士，還未察覺朝他們迅速而來的箭風，心處就各中幾箭，一併倒下。鼓聲驟停，魔軍士兵的喝聲突然少了助力，聽起來像失了些士氣。

接著，遠處，天兵金鼓大響，首先看到的是沢大元帥身穿白衣，外披金甲，騎著戰馬趕到。沢大元帥喝聲：「放！」弓箭手再發出一輪金羽箭，魔軍前鋒一排倒下。後面天兵前後，約莫兩千人緊緊跟上，在沢大元帥指揮下，開始布陣，形成闊三角的陣形。

台也脅眉頭緊鎖，怒吼一聲：「起！」下一排魔兵踩過倒下的兵士，應聲趨前迎敵。

天兵三角陣開始邁向魔兵，兩方持槍互對，沢大元帥舉手在空中比了一個手勢，金鼓鳴鼓開始改變成追鼓，天兵隨之改變陣形，從闊三角迅速向內移，形成尖三角，把魔兵夾在陣內。天兵棄槍換刀近身砍魔兵，魔兵的槍在近距離，幾乎沒有反擊的能力，一下子魔兵的方陣被推擠，往內倒，此時已是危如累卵的局面。

站在魔兵方陣後方的台也育，看到自己的兵陣即將要被攻破，從腰間拔出一個掌大的令牌，口念一個口訣，令牌中央有幾個黃點蹦出，隨後一點大的黃點開始迅速變大。一切發生得太快，天兵們只看到從他們頭上越過的幾個黃黑影子，三角陣外便開始傳來一陣狂嘯聲。

翼虎是魔界的惡獸，身形龐大，口闊牙尖，嗜食生肉，生性兇猛，難以馴服，魔界只有降擒令，才能駕馭它們。說起這降擒令，還是當年天魔息戰後，天帝讓神器閣特地研製來約束翼虎的神器，贈予當今魔君的。

三隻翼虎，抖了抖碩大的身體，微微張開的鐵翼發出「錚錚」聲，向空中咆哮，張著血盆大口流著粘稠的唾液，炯炯的目光朝天兵看。看到翼虎的天兵還沒來得及反應，三隻翼虎一縱身，一下便將四、五人踩在腳下，俯身一咬，只見胳膊、斷腿、斷頭，頓時血肉橫飛。天兵的三角陣形外圍很快就被三隻翼虎咬出一個個缺口，天兵在兩面夾攻之下，慌亂地亂刺、互砍，毫無章法，陣形就這樣破了。

翼虎好吃生肉，不分辯哪個是天兵，哪個是魔兵，見人就咬，雙方皆死傷無數，但台也育絲毫沒有卻步，反而以降擒令一路引翼虎向中天方向前進。天兵節節敗退，一下子被折開一條路。沢大元帥的戰馬也被逼得不得不往後撤。

天壽宮外，神器閣閣老築起層層結界，昏黃的結界外，天兵手持長槍，把圓形的宮殿團團圍住。大殿內，天帝與天兵閣閣老圍著部署圖，殿中上空飄著紅、黃、青、白四面令旗。

大皇子和二皇子分別接下紅、黃令旗，授兵各一萬，和天兵部將領匆匆跪領了帝旨，出戰去了。大皇子領紅旗，趕往南天門接濟沢大元帥。二皇子領黃旗，鎮守中天。

接下來，天帝一道道命令發了下來，仙眷由一千天兵護送，遣至天界北部避戰。天界北部毗鄰梵天淨地，料想魔界應該會避忌梵天，所以那裡算是目前最安全的地方。

令司命閣築起天門結界，維護人界司命簿，防止天魔戰事禍及人間。

令藥王為首的藥醫閣，在東天門築起臨時救傷院，傷兵送往此處救治。

◎

魔界赤齊宮被夜明珠照亮，魔界大皇子祁蘊坐正殿中。祁蘊一頭濃密的紅髮，一部分編起的辮子掛在腦後，兩道濃眉間畫上一個黑色火形花鈿，一雙長長的眼半掩著，一隻手支著頭，似乎在休息。

殿內閣老站兩旁，無人說話。

「報！」從天界返回的情報兵，十萬火急進殿。

「報大殿下，通天炮擲炮成功，南天天兵損兵約百人。由沢元帥掌控的天兵正與台統領正面交鋒。」

「好！」祁蘊陰陰地笑。

情報兵撤出正殿。

殿內魔界元老，隔司長，低頭轉著玉板指，琢磨片刻，開口向上作揖，問：「大殿下，今日三殿下代魔界到天界赴宴，戰事已開，如何讓他脫困？」

祁蘊斜眼看了看隔司長，答：「隔司長，現在是戰事重要，還是一個三殿下重要？」

隔司長面露難色，垂頭不語。

祁蘊接著說：「再說，天界滿口仁義道德，他們不會對他怎麼樣。」

隔司長作揖，識趣地退到旁邊。明顯，大殿下攻打天界的計劃裡，沒有救三殿下的這一環，隔司長甚至認為讓三殿下赴宴，本來就是故意讓他束手就擒。現在連魔君，祁連也被軟禁在宮中，想必三殿下是兇多吉少了。

֍

天壽宮內，天兵頻頻發回的戰報讓眾仙官吃驚，魔軍打進天界南天，乘勝追擊朝中天逼近，速度快得驚人。中天防守一旦破，天壽宮儘管有層層結界，攻破也是遲早的事。

天帝深鎖眉頭，當年送出降擒令，只是為示友好，誰知卻讓天界此時陷入窘境。而且此次戰役毫無徵兆，上次天魔息戰後，兩界再無爭端，與現任魔君沒有糾紛，兩界族人還互相往來頻密。唯一可循的是，上一任魔帝仍有一些舊幹部不服於天界、更不想附屬於天界，但在現任魔君的統領下，沒有太大的做為。

眼前必須做的，是盡快除掉三隻翼虎。神器閣閣老猶豫片刻，建議拿出鎖妖塔來收翼虎，但此塔設計至今，還未真正實用過。另外，鎖妖塔還有一個弊處，就是投射程不遠，必須近前操作才能收妖。但是近身與這般猛獸接觸是非常危險的，收妖不成，分分鐘都可能重傷，甚至丟了性命。因此天壽宮內，眾仙官正議論紛紛。

今日的新郎官並剛升位的顯武公，沢治如今已脫去喜服，披上戰甲，從眾仙中出列，大聲宣道：「臣，願前往收妖！」他堅定有力的一句話，震撼著殿內的每一個人。

由於此時的局勢，已是迫在眉梢，也由不得大家猶豫。天帝急急發令牌授精兵一千於顯武公，與神器閣閣老一同用鎖妖塔收翼虎。顯武公和神器閣領令，匆匆退出正殿。

❁

仙眷在天帝的令下匆匆棄宮逃離。天后和涵天妃分別拉著臨夕和祥宜從秀麗軒準備出發。宮裡的侍者都沒有經歷過戰亂，大家慌亂不已，一些沒頭沒腦地到處亂竄，秀麗軒內的東西被撞得凌亂不堪，一些仙娥失態地歇斯底里地哭、一些驚得呆呆站著不動。本來為了今日喜宴，天家幾位女眷都穿得隆重，現在卻要逃難了，只能自個卸下一身長服。

涵天妃幫祥宜拆下鳳冠后，兩母女又對視痛哭。

天后急說：「妹妹，快別哭了，我們要趕緊離開這裡！」

臨夕緊緊拉著已是花容失色的祥宜，說：「姐姐，來，我們走！」

秀麗軒在中天，天壽在宮東邊，要往北界去，須先往東走，繞過紫境山脈，沿著山脈就可以直通北部。現在沒有鑾轎、車馬，只能徒步出發。

天色漸漸昏黃，四人疾步走著，不時回頭看向天壽宮的方向。上空沒有戰火烽煙，要不是天兵催促大夥逃離，實在不能相信此刻天界南方已在水深火熱當中。

路上各宮的仙眷也倉惶出逃，沒有人理會身份和大小先後，各自離開要緊。雖然天帝命一千兵士護送仙眷，但單單一千人僅足夠給眾人引路，指方向。臨夕一路走著，心裡有了另一個盤算。她拉了天后到路旁，急急說：「母妃，當務之急是把人帶到安全點。我對天界地勢熟悉，我留下來幫忙。到了北部，也需要人來好好安頓眾仙眷。你帶著人先往北部去，我隨後就來會合。」

天后猛搖頭說：「不行，我們要一併走！」

臨夕緊緊握著天后的手說：「母后，現在魔界和天界這場戰事，不知何時能止，我們不會打，但能幫的就是不添亂。母后，你要幫父皇和天庭照顧好仙眷，讓他們沒有後顧之憂才是。」

頭。

天后抿著嘴，流下淚，她何嘗不明白，可是終究還是不捨自己的女兒，艱難地點點頭。

臨夕鬆開母親的手，點點頭，示意她跟著大隊走了。

當下，她咬了咬下唇，忍住不讓在眼珠裡兜轉的淚水流下。

最終，她毅然地回頭。臨夕加入天兵的隊伍中，幫忙引導人流。雖然天帝下的旨意是要仙眷到北部去，但有些仙眷選擇不到北部避難，反而到東部的下仙山躲。

部分的天兵進入各宮閣查看，確保已經完全空置，然後關上各宮門，就撤往北方。臨夕放眼看著她熟悉不過的中天宮殿，在她的記憶裡，從來沒有看過如此空空蕩蕩的光景，不免有些唏噓。

臨夕離開中天宮殿，看見側路從戰前用擔架抬回來的無數傷兵。傷兵身上多是血淋淋的刀傷，還有一些斷手、斷足的，被撕裂、駭人的傷口，擔架抬過的路上留下一灘灘的血。臨夕跟著擔架去的方向，來到臨時搭建的救傷院。臨夕不假思索地捲起衣袖，幫忙把傷兵攙扶進院中。院子外築起結界，由院內把守的兵士放人進來。此時，已是夜落時分，一日的戰爭下來，受傷的兵士接踵而來，院子裡傷員已是擠得水瀉不通了，躺著的，肩並肩，腳碰腳，傷較輕的被安置在一旁，背靠背坐下休息。空氣瀰漫著一股血腥味和傷員痛苦的呻吟。藥醫院的醫師除了一些在前線發配工作，其餘的都在院內救治受傷的兵士。臨夕不時往院內探，可是沒有看見陸清黎的身影，心中難免失落又忐忑。

臨夕整理一下自己的思緒，告訴自己，現在眼前的傷員才是重要的。由於不通醫理，臨夕也只能做些簡單的包紮。她的袖子很快就被血浸濕了，黃色的羅裙也看得見斑斑的血印，早上梳的雲髻已散亂一臉，但她忙得不可開交，也顧不上這些。一個剛被送進來的兵士，一動也不動地躺著，煞白的臉沒有任何表情，一隻胳膊呀不見了，面對觸目驚心的傷口，臨夕倒抽了一口氣，還是硬下心來，拉了條白布開始把肩處裹好，身後有人搭了她的肩說：「不用了，沒了。」

臨夕反應不過來，看見說話的人另一隻手探在傷兵的脖子上，顯然此人已無氣息。

臨夕嘆了口氣，抬眸一看，驚呆了說：「黎哥哥！」兩眼瞬間朦起霧氣。

陸清黎注視著臨夕，又轉頭喚了人把逝者抬走。他伸出手，緊緊握著臨夕的手。他的手給臨夕帶來一股溫暖。陸清黎領著臨夕到一角。兩人靠著一面牆坐下，互握著沾著血、粘膩的手，相視無語。臨夕把頭靠在陸清黎的肩上，她的鼻子頂著陸清黎的肩，呼出的氣，溫溫的熱著鼻子，她的心找到片刻的安寧。

陸清黎問：「夕兒，你怎麼沒到北邊避？我早上就听說仙眷都開始遷到北部了。」

臨夕說：「我看領路的部隊不夠人，所以留下了幫忙。」

「嗯。」陸清黎說，眉頭微微蹙起。

臨夕知道陸清黎擔心她的安危，接著說：「黎哥哥，我想幫忙，我可以的。」她真真切切的看著陸清黎。陸清黎抿著嘴，為她理了理額前的碎髮，心疼地說：「臨夕……」

過了半晌，陸清黎才說：「我去取水來洗手。」

「哦。」臨夕點頭應道。

陸清黎站起身來，往院內走去。

臨夕站起來，到院前查看一些傷員的傷勢。

此時，院外結界外不遠處，一陣駭人的咆哮聲響起。傷員聽到這個聲音無不驚恐，每個瞪大眼睛，一些惶恐地尖叫：「來了！來了！」靠近前院的傷兵像發瘋一樣，互相推擠，大家都爭先往院內移，就連一些腿已不能動的傷員也吃力地、拼命地爬著進來。場面混亂一團。

第十九章 臨夕仙鞭引翼虎

顯武公，沢治，右手握著鎖妖塔，單手握著馬鞭策馬奔馳。黃銅製的鎖妖塔不大，只有九層，塔頂有一個雙龍吐珠的造型。操作起來也非常簡單，塔的正面對準目標後，拇指和中指按下龍頭，食指把紅色珠子推出，塔中的電光就會開啟，電光收回的剎那，就會將目標吸進塔中。

魔軍已逼近中天，紅旗天兵和魔軍互相廝殺的聲音不斷地在空中蔓延。三隻翼虎展開鐵翼，在兩軍間，一跳一躍，健碩的腿一下就撲倒幾人，再將它們一口一口啃下。吃了一天的生肉，嘴邊的毛髮都染成血紅色，襯得又尖又長的一排白牙甚是駭人。

沢治看到眼前的猛獸，腦子快速反轉，知道要用鎖妖塔收翼虎，須先把他們分散，一個一個來收。

沢治舉起令旗，厲聲喝到：「沢大元帥！把三隻翼虎分開！」

沢大元帥看到自己的兒子來到，手上舉的令旗，臉上先是一驚，但很快就反應過來。他命令兩組人馬，分別往東和西邊跑，然後往後像兩隻翼虎射箭。兩隻翼虎被激怒，分別往東西兩邊追。剩下一頭翼虎還留在原位。

沢治翻下馬，衝到翼虎跟前，把鎖妖塔對準翼虎，再以兩指扣住雙龍頭，推出紅珠，一道強光從塔中發出，緊接著「鏗鏘」一聲，強光收回塔中，翼虎和它踩在腳下的人，同時被吸入塔內。

天兵見一隻翼虎被收，雀躍不已，再次激起了天兵的鬥志。兩位皇子一聲號令下，紅、黃旗兵士奮勇衝向敵軍，乘勝追擊，猛打魔軍。台也育看到天兵突如其來的舉措，眼中翻滾著怒意。手中降擒令離另外兩頭翼虎太遠，又招不回。他勒住坐騎的繩索，怒吼：「給我殺！」黑豹仰天一吼，和魔軍一塊兒殺向天兵。

沢治翻上馬，向西追去。沢大元帥抬手示意，領著百名天兵奮身向沢治追去。天兵跑得再快，怎麼也跑不過翼虎，沢治追到西面時，已看見翼虎的踪跡。之前引翼虎往西面跑的天兵，活著的已不多，翼虎在一片殘肢肉陷中仰天咆哮。沢治下馬，跑到翼虎前，翼虎看見送到跟前的食物，張牙大吼，一躍而上，眼看翼虎的大爪從天而下，沢治機警地滾身，閃到一旁，雙手舉起鎖妖塔，雙指按下機關，食指推出紅珠。

說時遲，那時快，翼虎後尾一擺，掃掉沢治手中的鎖妖塔。鎖妖塔「哐哐」兩聲落在地上，一道刺眼的強光從塔中射出，翼虎兩隻圓滾大眼也開始反射出亮光，沢治本能地用手遮眼，接著強光一收，鎖妖塔就被反鎖上了。翼虎和沢治一併收入鎖妖塔中！

「治兒！」沢大元帥大喊。

※

東門，救傷院。院內，結界前。

昏黃的結界外，一隻翼虎張著大口，向裡面的人大聲地吼。它嘗試撞破結界，幸好結界相當牢固，沒有破損，可是翼虎每一次猛烈的撞擊卻還是震動整個救傷院。結界外，還有未進院的傷員。翼虎轉向傷員和抬擔架的兵士張牙舞爪。一瞬間，院外又是橫屍遍地。

臨夕看著翼虎咬人，有點驚呆了。兵士在翼虎前完全沒有反擊的能力，再耗下去，就斷了救援前方傷員的路。她咬著下唇，伸出左掌，喚出神鞭，快速跑向院前。

院內，陸清黎驚叫：「夕兒，不可！」但為時已晚。

這個結界是雙功能的，可以阻擋外敵，也可以自由往外走。臨夕趁翼虎在一邊攻擊傷員之時，使勁地往反方向跑，跑了一段距離，使神鞭往地上打去，響亮的鞭聲成功引翼虎的注意。翼虎是猛獸，尤其喜歡追逐獵物，斜眼見有獵物在範圍內，放棄眼前的傷員，掉頭朝臨夕追去。

臨夕看到翼虎奔向她，知道她的計劃成功了，但此時她卻不知道該怎麼做，只能往前方跑，心想離救傷院越遠，大家就越安全。

陸清黎不顧一切，奔出救傷院朝臨夕跑去。後面，馬蹄篤速。沢大元帥的部隊此時馳馬趕到，追在翼虎和臨夕後頭。

臨夕跑到前方，發覺竟來到通凡境的斷崖邊上，前方已經沒有路了。此獸萬萬不可掉落凡間，否則凡間就遭殃了。她驚慌了，這下可怎麼辦。

翼虎似乎感應到獵物的驚慌，它咧著大嘴彷彿在嘲笑臨夕，它並不躍前，反而悠哉閒哉坐下，舔了舔爪子。

沢大元帥在翼虎身後，翻身下馬。天兵們緊張地拿著槍指著翼虎，當然每個看過翼虎的人都知道，這些武器對翼虎根本起不了作用。

沢大元帥手持鎖妖塔。翼虎轉頭向身後的沢大元帥和天兵咆哮。天兵嚇得節節後退。

陸清黎趕來時，正看到臨夕就在翼虎前方，他的心都快蹦出來了。

沢大元帥喊道：「公主快快讓開！」

臨夕眼看前方是猛虎，後面是斷崖，一時也不知道該怎麼辦。

翼虎的鐵翼「錚錚」開啟，眼看它就要攻上來了，臨夕一急，往後退，跌入斷崖雲層。陸清黎見狀，不顧一切，從旁邊飛撲上前，也消失在雲層中。翼虎見獵物不見了，向天狂嗥。

沢大元帥見翼虎前方已空，開啟鎖妖塔，塔中發出強光發出，「鏗鏘」又收入，最後一隻翼虎也被收入了。

沢大元帥跌坐在地上，緊緊握住手裡的鎖妖塔。半晌，他手擊胸膛，失聲痛哭：

「我的兒啊！」

清黎人間臥病榻

臨夕跌入雲層，往後倒下，在等著自己落地時重重的一擊痛，誰知下一秒，一陣涼意浸濕一身，從天而降的衝力迅速把她帶入深水中。臨夕的真身是白龍，因此落水後她反而開始自在輕巧地擺動身體，身體旋轉式地往上衝，不費吹灰之力就浮出水面。她望了望水面，看到前方有石灘，便往那方向游去。濕透的羅裙有點厚重，臨夕拖著身體爬上灘上的大石。刺眼的陽光照下，臨夕用手頂在額前遮了遮。眼前一片海和晴天白雲的天空，臨夕有點恍神，一會前還差點入了虎口，對眼前的景色有點調適不過來。一想到翼虎那口又尖又長的牙，頭頂就發麻，臨夕咽了口口水，她站了起來，身子晃了晃。

就在這時，她看到前方海面上浮著一個人，身穿白藍色的衣袍泡在海水裡，一動不動地飄浮在水上。

「黎哥哥！」臨夕驚呼。

她跳入水中，奮力游向陸清黎。陸清黎本來就白皙的臉，此刻更是如雪花般蒼白，嘴唇還有一些不自然的藍色。臨夕用手夾住陸清黎的一個胳膊，使勁地向淺灘游去。她爬上淺灘，再吃力地把陸清黎往石上拖。可是，她的力量有限，陸清黎半個身體癱掛在石上，下半身浸在海水裡。慌亂中，她竟忘了提重物用的口訣。

臨夕喘著氣，急急地搖著陸清黎的肩膀：「黎哥哥，醒醒！」奈何她無論怎麼叫，陸清黎慘白的臉還是沒有動，身體像海水一樣冷冰冰的，耳後涔出血，順著頸項流下，白藍的衣領浸出血紅色。臨夕慌了，她兩指搭在陸清黎的脖子，催動仙力，想用仙力止血。殊不知，過激的仙力，血不但沒止住，反而流得更猛。臨夕不知所措，躺在陸清黎的肩上痛苦嚎哭。

「哎！這裡有人落水了！」不遠處傳來人聲。

臨夕猛抬頭，看到四人從岸上向他們走來。臨夕破涕為笑，高喊著：「這裡！這裡！」猛揮著手。臨夕看著陸清黎說：「黎哥哥，來人了，來人了！」

漁夫們麻利地把陸清黎從水裡撈起，抬到岸上大石，幾個人把身上的衣服脫下，把陸清黎裹起。一個較年長的，遞給臨夕一個壺，說：「這是果酒，你喝上一、兩口，溫一下身體。」臨夕這時才覺得身子冷得直哆嗦。她打開壺，灌了兩口甜甜的果酒，微辣的酒讓她舒服許多。她俯下身，把壺嘴對著陸清黎的口，但他的嘴緊閉著，完全沒辦法喝上。臨夕含了一口酒，俯身，顫抖著的手掰開陸清黎的口，嘴對嘴餵了陸清黎一口甜酒。她的嘴唇碰到陸清黎冰冰涼涼的唇，臨夕滾熱的淚滴在陸清黎的臉上。

「老許，我看得把人抬回村裡，找個醫師來看看。」年輕的漁夫向老者說。

老者點點頭。四人把漁網攤開，小心地把陸清黎抬起，輕放在中央，再把兩端綁起，做出一個簡單的擔架，最後才把他抬起，朝村子走去。

來到村裡，帶頭的老者引導他們走進一間小木屋裡，濕漉漉的陸清黎被平放躺在一張板床上。一個小伙子自告奮勇到鄰村小鎮請醫師。

臨夕坐在床邊，拉起床上一張被子，給陸清黎蓋上。她呼了呼手然後摀住陸清黎的脖子。老者打量著兩人。

一個老婦進了屋裡，看了眼陸清黎和臨夕，又匆匆跑出去。不一會兒，約有花甲之年的老婦，遞了兩件衣服給臨夕。

「快把衣服換下，可別著涼了。藍色的是給你的，你應該穿得了，黑色的給你相公。」老婦慈藹的語氣說。

臨夕聽到「相公」二字，知道是被誤會了，但眼下最重要的是清黎，她也不急著解釋。臨夕到隔間匆匆換下衣服。回來時，看見老許和老婦已在幫陸清黎脫下濕衣物，她別過臉，覺得有點尷尬，可心想著不去幫忙又覺得彆扭。

正舉棋不定時，老婦喚：「小娘子，你倒快來給你相公把衣服穿好，我得去後面煮些薑茶來。」

臨夕應了聲：「有勞。」

轉頭到了床邊，她拾起乾的衣裳，老許把陸清黎的身體轉了過去，陸清黎白皙的背正對著她，她咽了咽口水，快速地把衣給蓋上，然後把陸清黎的手導入袖管。最後才把前面的帶子繫好。陸清黎的身體依舊是冰冷的。

老許給陸清黎蓋了被子，說：「等一下，醫師就快來了。」

他看了一眼臨夕，又輕聲地說：「你放心吧，我們在灘上救的人也不少，他不算最糟的。這屋平時空著，我和老伴就住對面的屋裡，你們就放心暫時住下吧。」說罷，背著手，緩緩走出了門。

臨夕探了探陸清黎的鼻尖，依然有一絲溫熱的氣流。臨夕腦子有點空白，又呼了呼手，摀住陸清黎的脖子。

不久後，鎮上的醫師來了。醫師是個老人，一頭銀白髮，眉毛也是斑白色，兩眼深深陷在眼窩裡，眼尾拉著長長的紋路，但臉上卻是一片紅潤，好氣色。

臨夕站在床邊，緊張地看著醫師給陸清黎檢查。老醫師微蹙著眉，一面把脈、一面撫著長鬚。他扒開陸清黎的下眼臉，然後仔細地從頭到腳檢查一遍。

過了好一陣子，醫師從藥箱裡取出白布條，給陸清黎的頭做了包紮。血快速把布條浸濕，臨夕眉頭皺得更緊，醫師又取來新的一條布裹上。接著，醫師中取出銀針，分別在陸清黎的頭頂和臉上施了幾針。

老許坐在房內的椅子喝著薑茶。

「老許，給我找來一條硬木，把腳固定好。」醫師吩咐道。

老許應了聲，馬上走出房門。

臨夕聽到，臉一下煞白，結結巴巴地問：「腿，怎麼了？」

老醫師轉頭看了臨夕一眼，點頭說：「左腿腳踝斷裂，我們用硬板固定好，休息一段日子，就會好的。」

臨夕緊張地咬著手指，又問：「先生，那他為什麼還未甦醒？」

醫師說：「我懷疑他落水時，頭部撞上硬物，我們施針再觀察一下。」醫師看了眼臨夕，又說：「小娘子，你也不用太擔心，他的脈象平穩，底子也很好，過幾日應該就會醒的。」

臨夕瞪大著眼睛，點頭。她的真身是白龍，本來就諳水性，因此落入水中自然沒有多大問題。但是陸清黎突然從高處跌下水中，衝力那麼大，怎可能受得了。想到這裡，眼淚又不聽使喚地滴下。

臨夕用手抹掉淚水，接著問：「先生，還有什麼要注意的地方嗎？」

醫師想了想，說：「這幾日就注意身體會不會發熱，還有要定時給他送水。」

臨夕猛點頭答道：「是的，知道了。」

老許提來一塊硬木板給郎中。老醫師把木板夾在陸清黎腳踝下，再用布條固定住。臨夕這才注意到陸清黎的左邊腳踝確實又紅又腫，瘀血也從腳踝處蔓延到小腿。醫師指示臨夕把陸清黎的腳墊高。

醫師收拾了藥箱，對老許說：「我過兩日再來，若是醒了，差人來鎮裡找我。」

老許笑笑應道：「好！」

老婦站在門口，提著兩條醃魚說：「麻煩你了！這是前些時候醃的，您提回去。」

老醫師笑笑收下了魚，老許把醫師送出門。

天色漸暗，老許點了油燈，房中有點昏暗，臨夕依舊坐在床邊看著陸清黎。

老婦端了一碗熱粥放在桌上，對臨夕說：「小娘子，你也歇會兒吧。桌上有點熱粥，吃一點吧。」

她看臨夕動也沒有動，伸手溫柔地揉了揉臨夕的肩說：「你相公怕是要睡上幾天呢。」她搖搖頭，步出房，把門掩上。

接下來的幾天，臨夕寸步不離地照顧陸清黎，為他換洗衣服再也不避忌，像是她本來就應該做的一樣。醫師交待要留意發熱，她不時就檢查陸清黎的額頭和脖子。醫師交待要定時送水，她用小勺子給陸清黎餵，但陸清黎昏睡時，口不知為何總是緊閉，實在是餵不進，她索性像那日一樣，嘴對嘴餵。老媽媽送來吃的，她也快快吞下，然後又回到陸清黎身邊。實在累了，就趴坐在床邊睡下。

醫師又來了兩回，施了針，又教臨夕怎麼給陸清黎按摩小腿，促進血液流通。兩日下來，腳踝處已經消腫許多。可是陸清黎還是沒有醒來的跡象。

一天，臨夕又在床邊睡著。朦朧中，她似乎看到陸清黎跌入水中的那一幕。臨夕伸出手想抓住他的手，可是手很沉，怎麼也抬不動，她著急了，喊了聲：「黎哥哥！」

猛然睜開雙眼，才發覺原來做了一個夢，可是不知為何，她總覺得夢裡有人一直溫柔地撫摸著頭頂。臨夕坐起，竟看到陸清黎半靠在床邊，微笑地看著她。

「黎哥哥，你醒啦！」臨夕高興地撲上陸清黎的懷裡。陸清黎輕輕地環著她的腰。下一秒，臨夕破涕為笑，搞得陸清黎不知如何是好。許媽媽聽到哭聲，趕忙跑進屋內，她看見臨夕附在陸清黎身上，哭得稀里嘩啦的，不禁失聲笑出。

「醒來就好，醒來就好！小娘子，你相公醒了，你怎麼就哭了呢？」

「相公？」陸清黎開始有點納悶，但不久，嘴角揚起一點笑意。臨夕坐起，慌忙地擦乾淚，站起來，整了整衣服。

臨夕抵著頭，不看陸清黎，說：「許媽媽，我去趟澡間。」說罷，急急忙忙地跑了出去。

許媽媽看著臨夕步出房門，說：「喲，還害臊了呢。小伙子，你家小娘子可真是好，你睡上這幾日，她一步也沒走開，就忙著為你更衣，餵水的，平日裡你們一定很恩愛吧。」說完，許媽媽咯咯笑起來。

「更衣，餵水？」陸清黎有點訝異。

「可不是。你睡著也喝不了水，你家小娘子就一口一口用嘴餵。幾日裡就守著你，也不睡，挺難為的。你娶了個好媳婦兒！」說罷，掩著嘴卻笑得更大聲。

許媽媽讓人去請了醫師，然後到灶間給陸清黎煮個稀稀的粥。

醫師到時，臨夕剛好梳洗了，換了件乾淨的衣服跟著進了屋裡。

醫師把藥箱卸下，以溫和的語氣說：「醒了就好。來，我給你看看。」說著給陸清黎把脈。陸清黎眼睛直勾勾地看著站在床邊的臨夕，想著許媽媽剛才說的話。

醫師點點頭，說：「好了，沒什麼大礙。你剛醒來，會覺得無力，待過幾日，慢慢進食，體力就會恢復了，但要好好休息。這腳，要過個把月才能著地。」

陸清黎緩緩地拱手向醫師答禮。醫師搖搖手，笑笑說：「你也該謝謝你家小娘子，我看她把你照顧得挺好的。」臨夕聽到，臉紅耳熱，只能低著頭看地板。

許媽媽端著熱粥進來，臨夕連忙接過碗，許媽媽出了房門，順手把門掩上。臨夕坐在床邊，勺起一匙粥，放到嘴邊呼呼，才餵到陸清黎的嘴邊。兩人沒有說話，喝著一碗粥。吃了粥，臨夕取了水盆和毛巾要給陸清黎擦身體。陸清黎雖然是醒了，但畢竟大病初癒，實在是虛弱，連抬手都相當吃力。

「臨夕。我自己來吧。」陸清黎輕聲地說。

臨夕頓了頓，抿著嘴，說：「黎哥哥，沒關係的，我也照顧你好幾天了。醫師都說了，你得好好休息，這點忙，我還是幫得上的。」說著，她伸手鬆了陸清黎衣服的繫帶，陸清黎凝眉，吃力地抓了臨夕的手。臨夕把他的手掰開，擰了毛巾，然後以熟悉的動作幫陸清黎抹了身。陸清黎閉著眼睛。

❁

晚間，陸清黎倚在床頭，臨夕坐在床邊把陸清黎的腳架在自己的腿上按摩。陸清黎吃了點東西，臉色漸漸恢復了一點血色。

陸清黎怔怔地看著臨夕，半晌，他柔聲說：「對不起，臨夕。」

臨夕抬頭，不解地問：「啊？」

陸清黎伸出手，握住臨夕的手，說：「你為我做了那麼多。你根本不用怎麼做。」他的手還是有點冰涼，臨夕微皺著眉，下意識地搓著陸清黎的手。

臨夕眨了眨眼，說：「黎哥哥，你是為了我才落下來的吧？」

陸清黎深邃的眼眸一直都沒有離開臨夕。

臨夕接著說：「你能為了我，不顧一切，你病了，我照顧你，算得了什麼？」

陸清黎把臨夕的手合在自己的手中，放到嘴邊，輕輕吻了一下，笑了笑。臨夕，彷彿透過皮膚感覺到他的心跳，她的眼眶有些發燙，微笑地低下頭。

※

夜深了，臨夕困倦，打了個大哈欠。

「困了？」陸清黎拍了拍臨夕的頭。臨夕眼簾不聽使喚地開始一眨又一眨，幾天來她不曾睡過好覺，這下真的累了。

「你睡吧。」他把自己挪出，騰出床裡面的位置。

「黎哥哥不睡嗎？」臨夕問。

陸清黎微笑搖搖頭，說：「睡了那麼多天，頭很沉，睡不著了。」

「那我陪你說說話。」臨夕揉了揉眼睛，她上前給陸清黎背後塞了一個靠枕。

陸清黎拍了拍身邊的位置說：「嗯，過來這裡。我們說說話。」臨夕累得沒有多想，背著陸清黎側躺。陸清黎理了理臨夕腦後的頭髮。臨夕心裡好久沒有那麼踏實的感覺，不久就沉沉睡去。陸清黎心疼地撫著臨夕的頭髮。房中昏黃的油燈映照出兩個人的影子。

第廿一章 魔軍逼近琉璃火

一輪明月靜靜掛在天界上空，月下卻不是平靜的一幕。

三隻翼虎接連被擒，台也育領魔軍和天兵奮戰，雙方實力相當，天兵雖有地理優勢，但魔軍兵士一個個像是著了魔般，毫無畏懼，眼神充斥著殺機，單單這樣的士氣就把不經戰事，惶恐不已的天兵給比下去。

台也育向後方比了一個手勢，然後驅著坐騎向南方撤了百步有餘。在天兵後方，持紅旗的大皇子，見台也育往後方移，可是眼下，前線的魔軍正和天兵激烈鬥爭，實在不解他此刻的舉動。說時遲，那時快，南天方向響起沖天炮聲，火球像流星翻越天際，朝中天方向投下。火球觸碰到地面碰撞成無數的藍色火焰，迅速燒起。許多天兵閃避不及，直接成了「火人」，哀嚎聲四起，著火的士兵有些慌張地到處跑，有些倒地翻滾，空氣飄著炮火和燒焦的味道。

大皇子驚喊：「琉璃火！」琉璃火在天界也只有神器閣在製，但整個製作流程，就只有幾個閣老知道，此刻，魔軍竟用此火對付天兵，莫非製作的方法已外洩？

琉璃火的厲害之處，在於它燃力十足，幾乎無物不可燃，而且普通的水無法將其澆熄，唯有北部參天一處從梵境流出的淨水才行。

大皇子下令把庫存中的「天一淨水」取來滅火，再速報天壽宮求支援。

幸好魔軍的琉璃火好像只夠燒一輪，他們似乎並沒有能力繼續發射。

一陣琉璃火隕兵幾千，大皇子又從新下令擺陣。他見機行事，下令弓箭手，取琉璃火，號令下，一排排琉璃火箭向魔軍射出。兩個陣營前線頓時都陷入火海中。魔軍的傷亡此時看似較重，魔軍向南撤出五百步。

這樣來來回回，魔軍又被逼回南天處。顯然，天兵一方都在窮於應付魔軍使出的不同招數，沒有佔太大的優勢。這場戰役恐怕沒有那麼快結束。

第廿二章 臨夕逗趣小地仙

凡間一個月後。

陸清黎一手撐著桌子，慢慢試著讓左腳從新適應自己的重量。可是腳一觸地，一陣酸痛馬上從腳踝處襲遍整個身體。陸清黎倒抽了一口涼氣。

臨夕從外面捧著乾淨的衣服進來。她看到陸清黎自己下了床，慌張地把衣服往凳子上丟，伸手去扶他。陸清黎覺得有點好笑，但也知道拗不過她，任她在身邊忙著。

臨夕額頭冒著汗，說：「黎哥哥，你別那麼急，萬一跌倒了，可怎麼辦？」

陸清黎嘆了口氣，在凳子上坐下。左腳還是使不上力，但他知道一定要常活動，要不然，這腿真的會廢掉。

臨夕倒了一杯茶遞給陸清黎。

陸清黎接過茶，看了一眼臨夕，說：「夕兒，我這一病，你倒忘了我是醫師，怎會不照顧自己呢？」

臨夕嘻嘻地笑著。

陸清黎拉了臨夕的手，讓她在旁邊的凳子坐下，說：「我這腳也只能養著，過些日子定會好的。但，我發覺仙力竟削弱不少。」說罷，陸清黎兩指對著桌上的瓷杯，催動仙力，想把它掀起，瓷杯只相應地晃動了一下。

臨夕的眉頭皺著，她拉了拉陸清黎的手，關切地看著他。

陸清黎搖了搖頭，微笑輕聲說道：「我想是那日跌傷後，失血傷及仙氣所致，」他握住臨夕的手，「莫怕，休息幾日，我想會好的。」嘴裡這麼說，可是陸清黎並不十分確定，他想著在天庭看過失血喪失仙力的病例並不多。

陸清黎接著說：「也過了一個月了，天界現在什麼情況我們完全無法知曉。再說，我們突然落入凡間，他們必然會著急，我們一定要想辦法回去才是。」

臨夕側著頭，說：「那要怎麼回啊？上次都是元哥哥辦的，我也沒有問。」

陸清黎不明就裡，問：「元哥哥？」

臨夕似乎發覺自己說錯了什麼，眼神有點遊移，接著說：「方元、方少司，上回懷粵和伏懿山，我和他一道來了凡間。」

陸清黎答：「啊，是這樣。」他想起瀑布那翩翩男子和臨夕一起奏樂的一幕。臨夕見陸清黎沒有什麼太大的反應，心裡踏實多了。

陸清黎接著說：「我們必須把這裡的地仙找來。」

臨夕說：「哦。可是漁村就這麼小，我隨許媽媽逛了一圈，沒有看到什麼地仙廟，那怎麼辦？」

陸清黎答：「地仙不一定要在地仙廟。凡有地的地方，就有地仙管轄。如果沒有廟，我們當天通報，把文書燒了就可以。你去找來紙和筆，我把文書寫好。」

臨夕點頭應道：「好的。」

小小的漁村沒一個識字，當然沒有紙和筆。讓臨夕幻化出紙和筆也非難事，但又怕許媽媽看到，會問起紙筆的來歷，便只能作罷。臨夕最後還得托許媽媽到鄰村小鎮討來。

陸清黎寫了書信放入信封，信封上署名「李海漁村地仙」。為了不讓凡人瞧見，趁著大夥凌晨出海捕魚，陸清黎拄著一根粗樹枝，一拐一拐地和臨夕到屋後的空地。陸清黎捧著文書。臨夕把文書放在地上燒了。事後，兩人一起回屋裡。

臨夕扶著陸清黎坐下，就去灶間生火煮水。她本是天界嫡公主，平時這些活，可是想也沒想過要做，可是漁村沒有人伺候陸清黎，因此需要自己動手的事還真不少。還好，許媽媽算是有耐性的人，從不介意幫忙和指導。所以現在這些家務事，臨夕可是駕輕就熟，甚至開始樂此不疲。

忽然聽到門外有人叩門。臨夕把門打開，只見一個一丁點大的小男孩站在門外。男孩穿著粗布衣，衣褲像是補了又補，幾塊不一樣的色布拼在一塊。此時，他正雙手插著腰，烏溜的一對大眼往屋裡望。

「找我嗎？」男孩問。

臨夕還納悶著哪來的孩子，陸清黎就說話了：「地仙，請進。」

「哦。」男孩繞過臨夕直往屋裡走。臨夕瞪大眼，這個小個子竟是地仙？她吐了吐舌，把門關上，也跟著進去。

地仙走到陸清黎身旁，陸清黎指了指身邊的凳子，因為這位地仙個子小，凳子差點沒夠著，陸清黎伸出手，半扶著，讓他坐好。

陸清黎拱手作揖，說：「勞煩地仙走一趟了。在下信中也說明請地仙為何意，勞煩地仙指回天界的路。」小個子兩手支著凳子，晃著雙腳，嗲聲問：「入境文書呢？」

臨夕有點急，說：「我們是不小心落到凡間的，自然沒有入境文書。但是現在必須趕回去。」她想天界和魔界的戰役還是不說為妙，所以省去這個細節。

小個子地仙一隻胖手支著頭，嘟著嘴，又撓了撓腦門，想一會兒，說：「沒有入境文書就不能指路呀。」說完從凳子上跳下，就要往門走去。

「啊，你怎麼這樣子呀？」臨夕急了，拉了小個子的袖子一角，不知是自己力道太大，還是粗布衣本來就脆弱，「刺啦」一聲，袖子竟給扯了下來。臨夕一手拿著扯下來的袖子，一隻手捣住嘴巴，不知要說什麼。

小個子跌坐在地上，嘩啦一聲哭出來。

臨夕扯著嘴看了看陸清黎。

陸清黎站了起來，蹲坐在小個子身邊。用最溫和的語氣說：「對不住，是我們太急了。」

小個子像是氣急了，抽噎聲反而越來越大聲、眼淚止不住地往下流，期間還不忘看著陸清黎，手指卻指著臨夕。

臨夕紅著臉，也蹲下身，怯怯地說：「地仙，您大人有大量，我不是故意的。我給你賠不是。」

小個子嘟著嘴，喘著氣，奪過臨夕手中的袖子。看見袖子，他心疼地又哭了一回。

臨夕怪不好意思，咬著下唇看了陸清黎一眼。陸清黎眉頭一挑，嘴角撇過一抹笑，但還是用衣袖藏了藏。

臨夕說：「地仙大人，那我賠一件衣服給你，可好？」

小個子地仙用袖子擦了擦圓臉，說：「那是你說的啊。」又嘟著嘴說：「我要藍色的。」

臨夕嘻嘻笑說：「好，藍色的好。」

小個子說完話就站起來，頭也不回地走出門外。

臨夕目送小個子地仙離開，回頭看了看陸清黎，兩人相視一會兒，然後一起扑哧大笑，笑得眼淚都流了下來。

臨夕笑得肚子疼，一面摀住肚子，一面攙扶陸清黎坐下。

臨夕左手化出一個拇指大的白玉佩，心想把玉佩換些銀兩，應該足夠給小個子地仙買衣服和一些他們倆的日用品。臨夕也想憑空喚出一件衣裳，但是她只能喚出她本來就擁有的東西。她向許媽媽打聽了小鎮的狀況，決定自己上小鎮採購。熱心的許媽媽當然願意陪著去，但臨夕想省略向她解釋為何買小孩衣服的功夫，就推說不放心陸清黎一人在家，所以托許媽媽幫忙看著。

許媽媽站在門前看著臨夕興匆匆地出發了。

陸清黎用樹枝當拐杖在屋裡慢慢地走動。幾天努力下來，左腳著地已經沒有那麼僵硬，加上臨夕每天不斷為腳踝按摩，血液流通好，復原比預期的快。

陸清黎看到許媽媽走進來，向她報以微笑說：「許媽媽好。」

許媽媽和藹地笑笑，在凳子上坐下，給自己倒了一杯茶水。

「我說小伙子，夕兒這些日子也辛苦了。」

陸清黎走到桌前也坐下。他嘆了一口氣，然後說：「是啊，真是為難她了。」

許媽媽又說：「我看她應該是富貴人家的小姐吧？剛來這時，什麼都不會做，但就是肯學，為了你，可是用盡心思了。」她看著陸清黎，等著與他搭話。

陸清黎望向桌面，沒有說話。

許媽媽趨前問：「你們家裡可是反對你倆在一起？你們是私奔的吧？」

陸清黎挑了挑眉，擺手急說：「不是，不是。許媽媽誤會了。我們倆已有婚約，只是現下因為一些因素，恐怕要耽擱一些時候了。」

許媽媽點點頭，說：「既然是這樣，不然就在這先拜個天地，把親給成了。女孩子家，你總是要快給人家一個名分，不然將來有了娃，可不好說。」

陸清黎臉竟紅了起來，結巴答道：「許媽媽，快別這樣講。我們……我們可是清清白白的。」可是，話說出嘴，又想到兩人確實這些日子都是同榻而寢，也是臨夕怕照顧不到陸清黎，對他是寸步不離。再說，兩人因為這次劫難，說實在，也離不開對方，成天膩在一塊，確實像對小夫妻。

陸清黎輕咳了一聲，說，「許媽媽，清黎懂您的意思了。我和夕兒商量一下。」

許媽媽滿意地點點頭，說：「我和老許沒有兒女，看著你們，我們也是歡喜。這麼說也是為了你們好，別怪許媽媽多嘴啊。」

陸清黎搖搖頭，說：「許叔和許媽媽是我們的救命恩人，媽媽的話清黎聽進去了，媽媽您放心。」

半日後，臨夕從小鎮上回來。

「你說小個子地仙會不會喜歡？」臨夕興匆匆地拿出一件藍色的小孩衣褲給陸清黎看。

陸清黎微笑看著臨夕的容顏，心裡想，她笑起來真美。

陸清黎說：「等一會兒，我們給他捎個信，讓他明晚來取。」

臨夕點點頭，把衣服整齊折好，放進油紙包裡。

❁

翌日凌晨，小個子地仙歡天喜地地來取衣服。

他插著腰，站在房中，問臨夕，語氣有點跋扈：「衣服呢？」

臨夕笑嘻嘻地奉上油紙包。小個子地仙把油紙包七零八落地撕開，把衣服拿起來看，又往身上比了又比。

「我看挺合適的，你說呢？」臨夕討好地說。

小個子沒有答話，麻利地把自己身上的衣服脫下，把新衣服穿上，然後反覆地摸著衣服的布料，傻傻笑著的樣子，也很逗人。

陸清黎和臨夕對視而笑。

「衣服是可以。但是沒有入境文書，還是不行。」

臨夕失望地擰著袖子。

陸清黎想了想，說：「能否勞煩地仙向天界稟報和申請呢？」

穿著一身靚麗的小個子此刻心情尚好，問：「你是說問天界讓不讓你們去？」

「不是去，是回！」臨夕又急了。

小個子地仙瞪了眼臨夕，對陸清黎說：「我看過比人還像人的水妖、狐精多的是，你說你是天界的仙，我就信，那怎麼可能。」

陸清黎配合地點頭。臨夕又氣又急，她也不知道怎麼證明給這小個子地仙，他們確實是從天界來到人間的仙者。

小個子地仙又說：「我寫個文書向上界問。他們說可以，我就給你指路。」

臨夕開心地拍手說：「那好，你趕快寫。那，那最快，是多久才知道？」

小個子地仙比了兩隻手指。

「兩天！那好。」臨夕撫著胸口，安心地笑。

小個子地仙翻了翻白眼，說：「什麼兩天，兩年差不多。我上回要求看李海的黑水事，也拖了兩年才有人來。來的人還說，兩年算快了。」

「兩年！」臨夕不可置信地瞪大嘴巴喊道。陸清黎眉頭微微皺起。

「那寫還是不寫？」小個子地仙有點不耐煩了。

「寫！」陸清黎和臨夕同聲答道。

隔日晚間。

髮。

兩人已和衣就寢。臨夕握著陸清黎的手，閉上眼睛。陸清黎習慣地順著臨夕的頭

叩門聲響起。

臨夕翻身坐起，她睡在外側方便給陸清黎倒水伺候。她將門開了一個縫，見小個子地仙，站在門外。門「吱」一聲被小個子推開，他就大步入內。臨夕無奈地搖搖頭。

陸清黎已從床上坐起，看見小個子甚是開心。

陸清黎抬手請小個子地仙坐下。依然穿著破舊衣裳的小個子地仙，蹬著腳爬上凳子上，兩腳搖了搖，兩手擺在胸前。

臨夕給陸清黎倒了杯水，在陸清黎身邊坐下。

臨夕十指交叉握在胸前，滿臉期待地說：「地仙，天界是否來消息了？」

小個子挑了挑眉，說：「申請給你們發了，有沒有人讀我也不知道。上面發了消息，但不是你要的消息。」他看著陸清黎說說：「也不知道發生什麼事，公文上面也沒寫，天界把通天界的路全封了。所以，就算我給你指路，你也上不去。」

臨夕的臉一下子垮了下來。

陸清黎嘆了一聲，看來天魔之戰的局勢是更加嚴峻了。

小個子從凳子上跳下來，說：「話給你們帶到了，我走了。」

送走了小個子，臨夕把門栓上，背靠在門邊，一臉憂鬱。

「夕兒。」陸清黎向臨夕招了招手。

臨夕在陸清黎身邊坐下，把頭靠在他肩上。兩人對現在的處境各有所思。

臨夕問：「黎哥哥，這下可怎麼好？」

陸清黎握著臨夕的手，說：「我們只能等，也不能怎麼樣。夕兒，別怕，有我在。」

他頓了頓，接著說：「也許，現在我們在凡間反而比在天界安全。」

臨夕點了點頭，應了一聲：「嗯。」

第廿三章 人間夫妻不羨仙

過了幾日。

陸清黎說：「夕兒，你陪我去看看海，可好？」

臨夕揚了揚眉，開心地應道：「黎哥哥想看海嗎？好呀。你呆在屋裡也那麼多天了，肯定悶壞了。能出去走走太好了。」

陸清黎牽起臨夕的手，兩人慢慢走出門。沿著小漁村的小巷子走，一會就來到海邊。

臨夕選了一塊較大又平滑的大石和陸清黎坐下。她待陸清黎坐好，幫他整了整衣服，才靠著陸清黎的背坐下。接近傍晚時分，漁夫們大多都已歇息，所以石灘上沒有人。現在是漲潮時刻，海浪一波一波打在岩石上，鹹鹹的海風帶著涼意吹在兩人臉上，幾隻海鳥在上空盤旋。

陸清黎兩指指著腳下的小石子畫圈圈，小石子像被小小巴掌大的旋風輕輕捲起。

臨夕開心地拍著手，「黎哥哥，你的仙力恢復了！」

陸清黎微微笑，答：「是有點起色。」

臨夕指著前方一處說：「黎哥哥，許叔他們就是在那裡把我們給救上來的。」

「那時候，我是真的怕了，他們要是不來，我真不知道該這麼辦。」臨夕心有餘悸地說。

陸清黎轉過身，看著臨夕，他伸手把臨夕拉進他的懷裡。臨夕依偎在他的懷裡，覺得溫暖又安全。陸清黎溫柔地替臨夕把吹亂的頭髮撥到耳後。他的下顎頂在臨夕的頭頂。

「夕兒。我們要是真的要在凡間待那麼久。你可願意？」陸清黎輕聲地說。

臨夕把頭側過去，抬眼看著陸清黎，說：「願意呀。為什麼不願意。」

陸清黎嘴角勾起笑意，一隻手指劃了劃臨夕的鼻子。

「那我們在凡間成親吧。」陸清黎語氣溫柔。

臨夕張大眼，說不出話，怔怔地看著陸清黎。

陸清黎用手指抬起臨夕的下巴，俊俏的臉緩緩向她靠近，接著他溫柔地含住了她柔軟的唇，臨夕羞澀地閉上眼睛。

❁

晚上，陸清黎到許媽媽家，拜託許媽媽張羅一下成親的事。許媽媽樂滋滋地應下了，她召集村裡的婦人幫忙，不到一個時辰，整個小漁村的村民都知道那屋裡的小兩口要成親了。

小漁村成親的習俗非常簡約，就是晚上請大家吃頓飯而已。

翌日，許媽媽、陸清黎和臨夕到小鎮買東西。許媽媽和臨夕到店裡挑了件紅色的羅衣和一雙新鞋子。許媽媽又買了一對龍鳳喜燭。臨夕也給陸清黎買了衣褲和鞋襪。陸清黎自己到藥舖轉了一圈，買了幾包藥材，又到酒舖打了幾瓶酒。陸清黎又到老醫師那坐了一下，請老醫師務必晚上到漁村喝杯喜酒。

到了晚上，貼著「雙喜」剪紙的屋外，漁村的幾戶人家熱熱鬧鬧地聚在一起吃飯、飲酒。許媽媽給臨夕梳了個高高的髻，臨夕把彩雲附日簪子遞給許媽媽，許媽媽給臨夕插上。臨夕的裝扮非常簡單，卻難掩她的嬌豔動人。許媽媽最後幫臨夕戴上大紅喜帕後就走出屋外，留下臨夕獨自一人，安靜地坐在榻上。外頭不時傳來大家在吃飯、碗碟碰撞的聲響。還有不知是誰，喝了酒，拿筷子敲碗唱歌，可見大夥都為這對落難鴛鴦感到高興。怪的是，沒人打聽他們的來歷，就一致認為兩人是遇上船難才來到這裡。臨夕聽到陸清黎給許叔和許媽媽敬酒，感謝他們這些日子的照拂，她心裡也跟著暖暖的。

待人都散去，月已高升，皓皓的月光柔和地從窗戶照進屋內。晚風把布簾吹起，窗上本來掛著一張破舊的碎花布簾，早上許媽媽已換上一條新的紅色布簾。

桌上的龍鳳喜燭已燒去一大節，紅色的臘油滴到整個桌面都是。陸清黎輕輕地推開門，冷風順著開著的門吹了進來，喜燭的火苗扭動了幾下，陸清黎轉身把門栓上。

臨夕不由得有點緊張，在紅色喜帕下，她覺得自己的心跳快得就要撲出來了，臉燙得火熱。

陸清黎走到榻前。臨夕看到她熟悉的修長手指，慢慢地掀開喜帕。鮮紅色的嫁衣把臨夕原本就白皙的皮膚，襯得極為出色，在月光下是更是玉瑩透亮。她羞澀地低著頭，舉止間流露出的嫵媚，連她自己也應該不知道，會有多麼誘人。

陸清黎坐在臨夕旁邊，輕聲說：「夕兒。」

臨夕羞羞地抬眸，看了陸清黎，用極小的聲量，應了一聲：「嗯。」

陸清黎看著桌上的紅燭，略有所思，說：「夕兒，委屈你了。若是在天界，我們的婚禮會是更盛大。」

臨夕側著頭，用堅定的語氣說：「黎哥哥，只要我們在一起，就足夠了。」她伸出手緊緊握住陸清黎的手，又說：「真的。」

陸清黎攬住臨夕的腰把她拉進懷裡，緊緊地抱著她。臨夕把頭埋在陸清黎的胸前，嗅著他身上淡淡的酒氣。他把彩雲附日簪子從臨夕的髻中拔出，臨夕一頭烏黑的頭髮散在身上。

月光照在簪子上，暈開了銀白色光芒，接著斷裂處的金絲也開始閃閃發光。陸清黎不解地觸摸著金絲。臨夕夾帶點歉意，趕忙說：「黎哥哥，是我摔壞了的。」陸清黎答：「哦，沒關係，接得挺好的。」說著，笑了笑。他把簪子壓在枕下。他把臨夕的頭髮撥到耳後，手指輕輕勾畫著臨夕的下顎。

陸清黎的手繞到臨夕的羅衣前，扯了繫帶，羅衣瞬間鬆開，露出她雪色的鎖骨處。陸清黎看著臨夕紅撲撲的臉，把她的下巴輕輕抬起，問：「怕嗎？」臨夕羞澀地看著陸清黎，未等她答話，陸清黎的唇印了上來，滿滿的情意把她未說的話給吞了。她回應著他的吻，剛才的羞澀和緊張，此刻化成深深、熱熱的吻，傳達她對他的愛意。

֍

隔天，臨夕比平時起得晚。她微睜開眼，見日頭都照進屋內，才猛地坐起，發現陸清黎已不在榻上。她整了整衣服，看到門上貼著的「囍」，想起昨晚，不由得紅了臉。

她看了看小屋裡，不見陸清黎的人影。

屋後傳來聲響，過後便看到陸清黎捧著一個碗走進屋裡。

陸清黎微笑，溫柔地問：「醒了？」

臨夕摀住自己炸紅的臉頰，瞬間變得更加難為情。

陸清黎把碗端給臨夕，說：「夕兒，把這個喝了。」

臨夕眨了眨眼，聽話地把茶色的湯水喝下。湯水不難喝，有一點點花香還有淡淡的酒味。

「黎哥哥，這是什麼呀？」臨夕把湯水喝完後，放下碗問道。

陸清黎用拇指抹了抹臨夕的嘴，說：「這藥有止痛、寧神的作用。」

臨夕聽到「止痛」二字，又是一陣臉紅耳赤。

後面幾日，新婚的臨夕又喝了幾天這「止痛」用的湯水。後來，陸清黎煮給臨夕的湯水味道又變了，似乎花香味道不一樣。臨夕心想，嫁給醫師多幸福，身體健康全交託給他一人看著就行了，心裡是一陣歡喜一陣甜。

第廿四章 小廟爲家三冬暖

陸清黎拿著銀針在許媽媽的膝蓋處施了幾針。臨夕憂心地握著許媽媽的手。早上就听說許媽媽的腳不利索，下不了床。陸清黎自告奮勇幫許媽媽把脈、診治。

「媽媽，您這膝蓋是多年前落下的病根。可惜沒有及時醫治，現在恐怕只能靠施針和吃藥來止痛和消炎。碰到陰雨天氣，還是會再犯的。」陸清黎以一貫溫和的語氣闡述了許媽媽的病症。

陸清黎把藥單子寫好，遞給許媽媽，說：「我還加上一個外敷的草藥包配方。碰上陰雨天，就熱敷在膝蓋上，是可以緩解症狀的。」

臨夕看了眼藥單，說：「許媽媽，這藥，我替你到小鎮上去抓吧？」

「麻煩你了，夕兒。」許媽媽感激地說。

臨夕說：「許媽媽，可別這麼說，您可是我們的救命恩人呢，給你抓幾貼藥，算什麼。」

許媽媽的腳經過陸清黎的細心治療有了明顯改善。小漁村裡的村民知道陸清黎是醫師後，隔三岔五就有人登門求醫，陸清黎本著醫者仁心，也有求必應。由於陸清黎畢竟是藥王府出身，又在凡間歷練多年，大多時候病人來到他這裡，幾乎都是藥到病除的情況。偶爾碰到棘手的病症，就算無法根治，也能準確地告訴患者病症的起因和可能暫時緩解病症的方針。小小漁村出現了個「神醫」，消息轉到鄰村小鎮，來求診的人，越來越多，陸清黎兩口子屋外竟出現排隊的病人。陸清黎看診都是分文不收，病人於是就送醃魚、菜乾和一些食物做為答謝。屋後的小灶間堆著這些多得吃不完的食物，頓時讓臨夕發愁。

有一日，上回為陸清黎治療的老醫師來訪。客套一番後，他表明了來意，因為自己已經年邁，又無人接替他的衣缽，感嘆村裡如今有個比他優秀的醫師，希望陸清黎接替他在小鎮上的診室，為民服務。

陸清黎清楚知道他們不會在漁村做太長的逗留，等天界一來信，他們就會離開，所以自然不能答應老醫師的要求。但他承諾只要還待在村中一天，就會幫忙老醫師。這也不為是個折中的辦法。陸清黎就每日到鎮上的診室會診。

❀

臨夕把陸清黎送出門，就把屋裡打掃一番。看見今日天氣那麼好，決定到海邊看看海。早晨的陽光柔和地照在石灘上，臨夕插著腰，仰頭深深吸了口涼涼的空氣，覺得心情更好。

「沒事幹吧？」一個小小的聲音從身後發出。

臨夕轉頭看到小個子地仙穿著破布衣，坐在身後的一顆大石上，兩手支著石頭，兩腳蕩來蕩去。

臨夕笑笑，做做樣子，俯了俯身，說：「地仙，您早上好。」

小個子地仙，今天心情應該很好，還朝臨夕頷首示意。

臨夕問：「地仙怎麼不穿新衣呀？」

小個子地仙低頭看了看自己的衣服，說：「留著大日子才穿呀。」

「哦。」臨夕點點頭，走到大石子挨著小個子坐下。

一個天界的仙，一個凡間的仙，並坐望向前面的大海。

臨夕指了前方一處，說：「那時候，我和黎哥哥就在那被許叔他們救上來的。」

小個子揚了揚眉，說：「我知道啊。」

臨夕疑惑地看著他，問：「你知道？你怎麼知道的？」

小個子說：「我當時也在場。」

臨夕瞪大眼睛說：「你也在場！那你為什麼不救救我們？」

小個子瞇著眼睛，說：「我看你從海底一轉就往上衝，哪裡需要人幫忙？」

臨夕又問：「那，黎哥哥呢？你怎麼不幫他？」

小個子答：「你不是把他拉上來了嗎？」

臨夕为之氣結，站起來，手插著腰，說：「你要是幫我們，我們會那麼狼狽嗎？」

小個子翻了翻白眼，說：「老許，他們可是我引去的。」知道自己誤解了小個子地仙，臨夕吐了吐舌頭，小聲說了一句「謝謝」。下一秒，臨夕想想，又問：「那你不是也應該看到我們是從何處來到嗎？」

「沒有，我只看到你們兩人在海裡。沒看到你們從哪裡來。」小個子淡淡說道。

臨夕又坐下。兩位仙者坐在石上吹海風，半晌沒有說話。

臨夕問：「地仙在李海多久了？」

小個子嘆了口氣，說：「三十年吧，有點記不清了。老許他還是小伙子的時候，我就在這裡了。」他的語氣像個老人說的話，和他嗲嗲的聲音非常不符合。

臨夕怔怔地看著小個子地仙。

小個子望著大海，說：「那年我才九歲吧，有船碰上暗礁，船上二十餘人在暗流中掙扎。我剛好在石灘上玩。我自小就在海上游泳，抓魚。看到他們這樣，想也沒想，就下了水把人給拉上來。拉到第十一人，沒了力氣，自己給暗流捲了去。」

臨夕張大了嘴，無法將其合上。

小個子頓了頓，頭低了點，接著說：「睜開眼時，只看到一位自稱是天界的司命奉旨，說我捨身救人有功德，封我為李海的地仙。」

臨夕的眼神變得柔和，問：「那，這裡為什麼沒有建地仙廟呀？」

小個子抱著雙膝，說：「那些外來的人沒有逗留多久就離開了。我自小沒爹沒娘，在鄰村小鎮長大，自然沒人記得村裡少了個小乞丐，哪會有人建廟來記念我？」

臨夕聽得心裡酸酸的。

小個子接著說：「我就這樣一直守著李海。一天過著一天，一直守著這面石灘、守著這個村。我看著人老去、死去，我都還在這裡。」

晚上，臨夕把早上和小個子地仙的談話告訴陸清黎。臨夕覺得小個子很可憐，小小年紀就陰差陽錯地當上這裡的地仙，哪裡也去不得。陸清黎靜靜聆聽，沒有出聲。臨夕說了一個晚上，做了一個決定，就是要在走之前，給小個子地仙建個地仙廟，讓他做個堂堂正正供人膜拜的地仙。陸清黎支著下巴，聽著臨夕的計劃，淺淺地笑，他的娘子就是這般熱心腸。

次日午後，漁民們正在歇息。臨夕來到海邊，環視四周確保沒人後，便潛入海中。她在水裡易如拾芥地游動。她在海底深處幻化出一個半個桌面般大小的盒子，裡頭裝滿著各種海珠、珍寶。再套上一條繩索，繩索的另一端綁了一個十字竹片當浮漂。

晚上等大家在屋外吃飯時，就煞有其事和幾個村裡的婦人說起話來。

臨夕告訴婦人們她做了一個奇怪的夢。有一個小男孩，自稱是李海漁村的地仙，想要告訴村裡的人，海裡有寶。出海六里處，有一個十字竹片正在浮漂，下面就有寶物。臨夕繪聲繪影地說著，聽的人從半信半疑也開始動搖，到最後大夥準備出海去尋寶。

漁民們把漁船上捕魚的工具卸在岸上，騰出的位置給人上去。一夥漁民興匆匆尋寶去。回來時，卻滿載寶物而歸，大家都笑得見牙不見眼。漁民們把一箱的寶物分了，寶物每人分到的不算太多，頂上一個月捕魚的收入，但畢竟是飛來橫財，大家還是雀躍不已。趁著大夥正在興頭上，臨夕閉目合掌，感謝李海的地仙顯靈。漁民們也感嘆地仙這麼照顧村民。臨夕就說應該建個廟來膜拜地仙，將來還可仰賴地仙的庇佑。村民們覺得主意不錯，幾個帶頭的就把建廟的事給擔下來了。

◎

在石灘上方，面海的空地上搭起了一個小小木屋。木屋面積不大，就剛好容得下兩個人這般大小。小木屋中央擺了一個香案，供著一個寫著「李海漁村地仙」的木牌。除了焚香，村民們也準備了一些平時吃的糕點和米飯作為供品。由於當初臨夕和村民說託夢的地仙是個小孩，村中的老婦人又做了一些甜食。村民熱熱鬧鬧地在新建的地仙廟外燃放爆竹。

穿著藍色新衣服的小個子地仙，隱著身，蹲在地仙廟外的大樹下，雙手托著腮，看著那個屬於自己的熱鬧。臨夕走到大樹旁，在小個子身邊坐下。小個子依然托著腮，轉頭看了一眼臨夕，嘴上說出一句「謝謝」。這句「謝謝」淹沒在「劈裡啪啦」的爆竹聲中，但臨夕微笑地心領了，心裡暖暖的。

第廿五章 仙鶴出使赤齊宮

天界，天壽宮。

天帝與天兵閣閣老正在商討對策。以目前的局勢判斷，魔界攻打天界志在拿下中天，用以天壽宮的位置來掌控整個局面。台也育為主帥的魔軍和天兵的實力相當，確實是場硬戰，雙方對打幾個月下來，都難分勝負。

神器閣相繼獻出不同的武器，一些舊時用的神器，很快就被魔軍拆解。亮出一些新的神器，多數卻設計拙劣，勉強用起來又欠功效。如此不堪的局面，不外天界多年來，對防範意識不強，加上上屆神器閣閣老羽化後，下面沒有能者接任，造成青黃不接的情形。

反觀魔軍，組織性強，雖然沒有天兵神器，但善用靈獸和聚積妖力，戰前擺陣戰力也毫不遜色。天兵到目前為止還未戰敗，也是因為天兵兵士陣容稍大，魔軍一時還未能攻下罷了。

天界的仙者想到魔軍這麼多年，在他們眼皮底下處心積慮，把軍隊壯大到這般規模和素質，不禁感到汗顏。

為了扭轉局面，幾位閣老建議發兵攻打魔界。只要攻下魔界的核心，包抄他們的後路，從後方阻斷他們向上的軍隊去路，那麼這場戰役就可以停止。

魔軍從南天上來攻打天界，因此若想攻打魔界，必須朝另一個方向進攻。可是，這卻讓天帝等人猶豫不決，因為那通往魔界的另一個方向，就在凡間下方，必須經過凡間到達魔界。關鍵是，大批的天兵從天界進入凡間再到魔界，巨大的天界氣流會造成颶風，引發大地震動等災難，會對凡間造成破壞，人命傷亡在所難免，所以不可不慎。考慮再三後，除此之外也別無他法，天帝才無奈地下達軍令，由三皇子，祺皇子帥兵三萬繞凡間攻打魔界。

關於臨夕和陸清黎墜落凡間的事，內閣覺得現在戰前吃緊，無需多增天帝煩憂，消息被壓了下去。

天壽宮，側殿

祺皇子命人收下青色金邊的令旗，提筆在案前書寫，再把信紙折好。祺皇子呼出長長的一口氣，然後揮指在空中描了一字。不久，一隻白鶴清雅地從空中落下。白鶴額間有一個菱形紅色印，一雙細長的眼往上翹，它慢慢向祺皇子挨近，垂眼等待。

「速去速回！」祺皇子把信紙遞給白鶴。

白鶴張嘴銜住信紙。它張開雙翼，兩腳一蹬，瞬間騰空而去。白鶴飛至雲端，身形有了變化，白色的羽翼變成灰色，尾端長出燕尾，體型變小，快速在雲裡穿梭。要到南天處時，這只額間帶菱形紅印的燕子，體型又再縮小，灰色的翅膀變成褐色的蝴蝶翅膀，小小的褐色蝴蝶飛到了南天門。南天門這裡，天魔兩方還在激烈對戰。褐色蝴蝶在上空越過魔軍，繼續往魔界方向飛去。

◎

白鶴、燕子和蝴蝶在空中變化無數次，避過魔軍的視線，終於飛抵魔界，赤齊宮。

白鶴嘴裡銜著信紙，降落在赤齊宮門前。宮門前守衛警惕地架起長矛，指向白鶴。

白鶴抖動了雙翼一下，變了原身。身穿白羽衣的小女童，額間一個紅色菱形花鈿，一頭烏黑長髮，鬆鬆地綁在腦後，雙手捧著一封信。

宮門守衛大聲喝道：「何人？」

「白花鶴，奉天界三殿下旨意，給魔君送信。」小女童聲音清澈，響亮地答道。

宮門後馬上響起傳報聲。

֍

赤齊宮，殿內。

「報！一位稱白花鶴的天界使者來給魔君送信！」傳報魔兵道。

祁蘊和閣司長對看一眼。

閣司長說：「傳使者！」

魔兵匆匆退出赤齊宮。

赤齊宮中門打開。白花鶴被宣進去。

面對這樣的場面竟神色如一，闊步邁進大殿中，白花鶴有著不符合她年齡的鎮定。

來到殿中央，白花鶴止步，道：「天界白花鶴，奉天界三殿下旨意，傳信於魔君。」白花鶴垂眼，把信奉上。

閣司長上前接了信。祁蘊從椅子蹦起，奪過信件。

祁蘊讀著信，眉宇間露出厭惡，「呸！梁祺這小子要我軍投降！門兒都沒有！」祁蘊滿臉怒意，把信揉成一團，丟擲一旁。

白花鶴雙手攏胸前靜靜聆聽。

閣司長沉默地看著這位奪位的大殿下。

祁蘊咆哮：「為什麼我們就要屈膝於天界，我們就不能統領三界？天界又為我們做了什麼？我父君懦弱，但我，祁蘊，可從沒怕過他們！」

祁蘊被激得通紅的臉，怒視來送信的白花鶴。他扯了扯嘴，喊：「把使者扣下！」殿內魔兵才一動，白花鶴轉身一變，變成一隻小小飛蟲飛出赤齊宮。幾個魔兵倉皇向空中拍打，但都徒勞無功，小飛蟲飛出赤齊宮。

第廿六章 直搗魔界祺皇子

天界，通凡境。

祺皇子身穿紅色戰袍勒住韁繩，坐騎金火麒麟的鼻孔冒著灰煙。青色令旗插在祺皇子背上，在風中擺動。三萬天兵準備就緒，眾人在通凡境等候發令。

這時，白鶴從空中降下，顯出小童身，來到祺皇子身邊。

祺皇子側身向著白花鶴。

「報三殿下，魔君不在赤齊宮，魔界大殿下，祁蘊接過信，將信件撕毀。不降！」白花鶴說罷，退到一旁。

祺皇子聽了，挺直身體，道：「罷了！」

祺皇子望著通凡境斷崖處，拔出背上的青旗，號令一出，祺皇子策韁繩，火麒麟躍下通凡境，天兵一排排緊緊跟隨。

天帝的旨意是快速越過凡間，因為大批天兵降凡，氣流會引發凡間天災，為避免更多人命傷亡，祺皇子帥兵而下，以最快的速度直奔凡間下方。

通往魔界的地方是極冷的南越。這裡一年見不到幾天日光，冰雪覆蓋遍地，飆風狂嘯，極冷的環境，寸草不生，凡人無法到達。火麒麟從上飛落，爪子觸到冰地，不適應地跺腳。祺皇子勒緊韁繩穩住火麒麟，火麒麟仰頭呼出一口火禦寒。身後，三萬天兵也紛紛落下。因為著實太冷，必須速戰速決，不然還沒開戰就給凍死在此。

魔界在上次天魔大戰後，就歸屬天界管轄，祺皇子曾來過魔界數次，幾次是代表天界，幾次是私訪祁默。以往，當然是堂堂正正地通過南天門下魔界，這次繞過凡間下方，強行撬開魔界一端，讓他感到無勝唏噓。

祺皇子抬手比了個手勢，三萬天兵馬上列位就緒。他從坐騎上跳下，從鞍上拔出一隻人高的金色杖。這枝杖叫破冰杖，顧名思義是能破冰用的武器，是從神器閣取出的神器。他高舉起破冰杖，催動仙力，刻在杖上的龍浮出表面，然後竄繞著法杖，待龍頭繞到了破冰杖尖的那頭，祺皇子縱身躍起，用力把破冰杖向冰地一插。法杖尖的一頭，切入冰地，紅色龍身劃過冰地，龍身劃過處，烙下一條紅痕，接下來聽到「嗶哩，嗶哩」的聲響，破冰杖的四周裂開。祺皇子快速把破冰杖拔出，跳開冰裂處。可是，冰裂後，卻沒有預期爆裂開來。

祺皇子瞪大眼睛觀察後，扯了扯嘴，「嘿」一聲，抽出腰間的神鞭，對準裂縫一揮而下，裂縫馬上崩開數指寬，紅煙從裂處竄出，接著「哐嗡」一聲巨響，一大塊冰地往下崩。魔界的入口被打開了！

大家都以為一旦魔界天際被撬開，一定會有張牙舞爪的靈獸或禦敵的魔軍跳出，所以都架起手上的武器。然而，大家往下看到的卻不是這般景象。墜落的冰塊「咕咚」一聲，恰巧投入一個紅色的湖面，白色的冰塊沉入湖中，不久又浮出紅色的水面，湖面上散著紅煙，冰塊迅速溶解。

紅湖邊是個小山坡，一排排果實累累的紫匹果樹上有幾個頭上帶角的猴人背上披著簍子正在摘紫匹果。兩條半人身的水妖坐在一顆紫匹果樹下喝著酒。小山坡的後方有幾個矮房子。

大家因為魔界上方突然有東西墜下，都齊齊往上看，正好和祺皇子和天兵對上眼。湖邊還有幾個魔孩兒，天真的指著天，嘻嘻哈哈，傻傻地跳起來。

祺皇子記得這個村落，因為他曾在此地和祁默抓紅湖裡的綠毛蟹來吃。臨夕還是小娃時，他還帶她來採這裡的紫匹果。

祺皇子部下上前，問：「三皇子，這是魔界平民，我們要怎麼辦？」

祺皇子眉頭緊蹙，深吸口氣，說：「赤齊宮從這裡往北上，我們繞過這個村，莫要傷到無辜百姓。」

說罷，祺皇子下達命令，第一批天兵躍進魔界。

待三萬天兵都進入魔界後，被撬開的魔界天際被下了一道結界，以防魔界瘴氣往凡間竄。

֍

魔界，赤齊宮。

「報！」一個魔兵匆匆進殿，一臉倉皇地跪在大皇子祁蘊前。

「天兵撬開南方天際，現在正從南邊攻來！」

「什麼！」祁蘊從大座彈起。

隔司長驚問：「來人多少？」

魔兵鐵青著臉，回：「天兵持青色令旗，軍約兩萬。離宮不到半日。」

祁蘊被激得通紅的臉，喊：「傳我令！隨我把這班天兵給收拾了！」

說罷，祁蘊旋即準備披甲上陣了。

第廿七章 白龍化身護結界

凡間，李海漁村。

趁著午後的陽光普照，臨夕把櫃子裡的衣服都拿出來曬。涼涼的海風把架在桿上的衣服撩起又落下。臨夕笑笑地看著兩人紅色的喜服在風中飛舞。

今天陸清黎沒有到鎮上去，因為昨天鎮上有幾戶人家的小孩起花疹子，他忙到很晚才回來，所以今天待在家裡休息。

陸清黎看到臨夕提著衣籃從外面進來，髮髻被風吹得散落。他拿起木梳，示意臨夕坐下，給她理個頭。臨夕坐在凳子上。陸清黎用手指以熟悉的動作為臨夕順著頭髮。他突然停下，說：「等我一下。」然後走到屋後灶間。過了一陣子，陸清黎端著一個小碗進來。碗內是紅色的湯汁，滲透著幽幽的香氣。陸清黎用木梳沾了沾紅色的湯汁，然後溫柔地梳著臨夕烏黑的長髮。

臨夕低頭嗅了嗅碗內的湯汁，問：「黎哥哥這是花水嗎？那麼香。」

陸清黎答：「是啊。是不是有點像赤子花的味道？」

臨夕點頭說：「是啊，你這麼一說，還真像。」

陸清黎又說：「不過，這花不像赤子花可以食用，只能外用。」

碗裡的湯汁用完後，陸清黎把頭髮分成兩邊，再編成辮子，交叉貫穿綁成一個髮髻。

臨夕看著銅鏡，滿意地摸了摸髮髻，笑說：「黎殿下束髮的手藝越發了得了。」

陸清黎放下梳子，說：「夫人滿意就好。」他俯身，嗅著臨夕的頭髮，然後在臨夕耳後輕輕親了去。臨夕被弄癢，縮了縮肩膀，一對儷人的臉照在銅鏡裡，幸福滿溢。

外頭突然刮起強風，「碰」一聲大門被甩開又閉上。地上的塵土被風吹進屋裡，兩人不由自主地瞇上眼睛。

臨夕突然有一種不祥的感覺。

待兩人睜開眼睛看外面的場景時，不禁驚呆了。外面狂風肆起，屋外的衣桿被吹落，衣服都不見了，地上的塵土被揚起，滾滾風沙近在眼前。兩人摀住鼻子和嘴巴走到門外。強風把鄰家幾戶人家曬在屋頂上的魚乾、海菜都刮走了，大家都亂成一團，忙著撿魚乾。

烏雲驟集，把本來無雲的晴天，變成黑夜般暗沉。

臨夕問：「這是這麼一回事？」

忽然，強風猝然停止。還在空中飛揚的塵土慢慢散開。轟鳴聲響自海邊方向傳來，大夥望向海邊，無數個漏斗形的水柱從天際連接到海面，海上波濤洶湧，一番半天高的巨浪從海面掀起。

這時，只見小個子地仙不知什麼時候已站在村前，轉頭向陸清黎喊話，可是聲音都被海上傳來的巨響給淹沒了，根本聽不到他在說了什麼。接著，小個子地仙以手指觸地，環繞著漁村跑。

白藍色光順著小個子地仙勾畫出的輪廓從地上升起，最後整個漁村被一又大又透明且發著白籃光的碗倒扣，罩著。

「結界！他在設結界！」臨夕叫到。

村民看到這幕，嚇得目瞪口呆。就在這時，烏雲間開始電光閃閃，一道道雷劈了下來，地面也開始晃動起來。村民驚叫連連、不知所措。本來外觀看似平滑的結界，開始看到細細的裂縫。

遠處，滔天的巨浪向石灘方向推進，發出轟轟巨響，像是百隻野獸朝他們奔馳而來。

陸清黎眼中露出少有的驚恐，轉身向臨夕說：「我們把結界鞏固，不然會崩塌！」

陸清黎拔腿跑到小漁村外圍，兩指對準小個子設下的結界和地上的接縫處，催動仙力，瞬間一道昏黃色的結界把白藍結界和漁村包裹在內。

陸清黎回頭望向小屋，卻不見臨夕的身影。

突然小漁村的上空有東西在晃動。仔細看，竟是一條銀白色的巨龍，蜿蜒盤旋在上空。巨龍一排排的瑩白鱗片，在閃電中反射出閃閃的亮光。小漁村被罩在巨龍的影子下，漁民們仰頭看著頭上蠕動的巨龍，被這一幕嚇得目瞪口呆。

霎時間，海上的巨浪排山倒海向小漁村潑來，每個人下意識地抬手護著頭。「唰」一聲巨響，大浪潑在巨龍龐大的身軀上，又順著結界滑下，然後退到海裡，竟連一滴水都沒有滴進結界內。

陸清黎抬頭看著巨龍，再看到結界完好無損，呼了一口氣。

大浪退回海面，海上的水柱群也同一時間消失了，烏雲瞬間消散。一切從開始到結束，都發生得那麼突然。若不是村內有東西被風吹得動歪西倒為證，恐怕大家會以為這只是一場惡夢。

眾人驚魂未定，跌坐在地上。

從巨龍變身回人模樣的臨夕，全身濕透，直挺挺地站在結界外，捂著胸口，喘著氣。

突然，村民中有人高喊：「神仙！神仙！」指著小個子，陸清黎和臨夕。小個子地仙轉頭，看了看村民，驚呼自己在慌亂中忘了隱身。手摀著口，馬上隱了身。

陸清黎走向臨夕，溫柔地牽著她的手。「臨夕，我們該離開了。」

臨夕抬眸望著陸清黎，輕輕嘆了口氣，然後不得已地點了點頭。

她看向人群中，找到了許媽媽。許媽媽瞪大眼睛，掩著嘴看著兩人。臨夕滿臉無奈地向許媽媽福了福身。陸清黎拉著臨夕的手，兩人背著村民向石灘方向走去，瞬間消失在空氣。結界在同個時候，無聲地被海風吹散。

巨浪把建在石灘上的小地仙廟吹倒。村民從新給李海地仙再造了個結實的石屋。供桌上除了供著「李海漁村地仙」的木牌，村民還把陸清黎和臨夕成親當天穿過的紅色喜服，整齊地折好，一併供上。經過此次浩劫，地仙廟香火更加旺盛。

陸清黎和臨夕自在村民前露了身份，便隱著身，住在在李海鄰村的鎮上。

祥宜堅信默哥哥

天界，北部。

從中天趕往北部的仙眷逐漸安頓了下來。以天后為首，涵天妃輔佐，仙眷都有妥當的管理和安置。由於撤得匆忙，大多的侍從私自回了下仙山，一群一向養尊處優的婦孺，在這樣的情況下也被逼「自力更生」。幸好天界北部環山有山洞，是天然的屏障，山上更不乏野生果實，也不至於餓肚子。各宮各自選了一處就地歇息。由於毗鄰是梵境，想必魔界也不敢來此，仙眷才安心在此等候中天的安排。

患難的仙眷中，年紀輕、沒有經歷上次大戰的居多。不少和祥宜年紀相仿的仙子們都被環境逼哭了。反觀祥宜，到了北部時，心情有了很大的轉變。剛剛撤離中天時，她身穿紅袍嫁衣，被突如其來的戰亂嚇得不知東西南北，倉皇失措下被拉著逃離到北部。一路走下來，她努力配合天后和母妃的指示，第一次學著怎麼照顧他人。她看到年紀輕的，就試圖安慰他們，看到老弱的，便向前攙扶。沒有時間多想、多慮，本是新嫁娘的她，怎麼會遭此窘境。到了目的地，祥宜表現得出奇地冷靜，彷彿在逃離的路上已將嬌嬌弱弱的性格遺棄了，換來一個更鎮定、堅強的角色。在這樣的環境下，她自發地幫忙摘野果、跟著撿柴，和大夥一起生火，樣樣都學。

某一天晚間，天后忙了一日，已經睡下。涵天妃為天后蓋好被子，就同祥宜坐在樹下。一輪明月高高掛在上空，月光透著離凡樹的枝葉投影在兩人身上。祥宜把一片葉子丟入火堆裡，葉子燃起，化在火裡。

祥宜深吸了一口氣，說：「母妃，我要去找默哥哥。」

涵天妃詫異地看著自己的女兒，微顫的嘴說：「祥宜……」

祥宜接著說：「昨天中天發回來的報告不是說了嗎？他們把他押往下仙山看管。我要去找他。」

祥宜拿起一根樹枝，挑了挑火堆，火舌吐了吐，零星的火花濺出來。她依然看著火堆，說：「母妃，你不必勸我，我一定要去的。」

涵天妃看著祥宜的側臉。祥宜長得很像她，從小就恭敬順從，是一個「合格」的公主，但也變得唯唯諾諾的，凡事做不了主。此刻的祥宜，有一股她從來沒看過的堅持和勇氣。

是夜，祥宜離開北部朝下仙山方向，尋祁默去了。涵天妃用手枕著頭，祥宜離開時為她拉了拉被子，她假裝熟睡。祥宜離開時，她微睜著眼睛，含淚目送自己的女兒，希望她的堅持是正確的。她忽然很羨慕祥宜。當時她若有同樣的堅持和勇氣，現在可能有一個不一樣的光景。

❁

天界，下仙山。

祥宜舔了舔乾裂的唇，自北部出發至東區，至今已徒步三日，腳底的皮大概是磨破了，每走一步，就有一股刺痛的感覺。她扯了扯嘴，咬著牙，吸口氣，口中不禁發出

「絲」一聲。這位公主以前都是足不出戶，認真走起路來還十分費力。一路不乏還在往北部逃亡的人，她就這樣，一路走，一路問著路來到下仙山。

下仙山的入口沒有聳立的山門，只有一條又窄又彎的小徑穿過兩個峭壁之間的。穿過這條小徑，就會看到一片和天界迥然不同的景觀呈現在眼前。天界如果比喻成繁華似錦、天衣無縫，那下仙山就是可以喻為質樸篤實。泥土上灑落了一地凋零的枯葉，枯萎的花萎縮在樹枝上，等著風把它帶回大地。大小不一的草房、土屋隨意地建在山間。

祥宜實在走不動了，找來一塊大石，癱坐在上面休息。

祥宜喘著氣，低頭看著自己一雙紅色的金鳳繡鞋，鞋面沾著泥漬，還有多處被擦破的痕跡。她動了動鞋裡的腳趾，一陣酸楚讓她不禁倒抽一口氣。

祥宜抬頭想著祁默的樣子，一想到自己就要看到默哥哥，心中就有一陣暖流。她似乎有了一股新的力量，緊咬著下唇，站起來。

祥宜找了附近一間草屋，輕輕拍了門。

門後一陣騷動後，門「吱」一聲開了。一名身形矮小的老者把門打開了，深駝著的背幾乎讓他像是半俯著身。老者吃力地仰頭看著祥宜，一臉納悶地問：「啊，找誰啊？」

祥宜習慣地福身作禮，說：「老先生，我想問一下，從天界押送過來的人在哪裡。」

老者灰朦的雙眼看著祥宜，說：「天界來的人都在山後的石洞裡，你去那裡問問吧。」

祥宜點點頭，瞭望身後的山，皺了皺眉。

老者端詳著眼前的小姑娘，外貌娟秀、一臉倦意，似乎是趕著路來。老者問道：「你是從天界趕著來的吧？要不要喝口水，吃點什麼才去？」

祥宜的確是幾日都趕著路，飢腸轆轆，她也顧不及不好意思，點了點頭。

老者邁開步讓祥宜往屋裡進。

小小的草屋裡凌亂不堪，祥宜找了張凳子坐下。

老者從屋後端了一個茶壺和一碟子乾果。祥宜恭敬地接過食物，然後大口大口地吃。

老者看著祥宜吃著食物，微微笑著，說：「姑娘在哪個宮當差啊？」

祥宜嚥下乾果，捂著嘴，說：「我住秀麗軒。」

老者揚揚眉，說：「秀麗軒？哎呀，真是好福氣，聽說那宮可美了。」

祥宜有點尷尬，說：「是吧。」

老者說：「我家小兒在藥王府當差。」

祥宜點點頭。

老者問：「聽回來的人說，現在天界給打了。我兒還沒有回來，都不知道怎麼樣了。」

祥宜皺了皺眉頭，說：「老人家別擔心，仙眷都遷到北邊了，也許他也同去了。」

其實她自己也不是非常確定，但此時，也只能這麼說，她憂心地看著老者。

老者望著門外，不語。

吃完東西，休息片刻，祥宜辭別老者往山後去。

祥宜踩在軟綿綿的草地，看著四處隨意開著不同顏色的小花，天界絢麗的花草忽然顯得非常刻意。

順著一條小溪往山後走，祥宜來到老者所指的山洞外。她看到幾個天兵懶洋洋地躺在洞外的石頭上蒙眼熟睡。洞外生起了一個小火堆，樹枝架起一個小鍋，裡頭煮著的粥水已經沸騰，不時滾出，落入火堆裡，發出「嗞嗞」的聲響。

她終於來到了這裡！心裡暗自雀躍，趁天兵不注意，快步地潛入入洞中。

冷風從洞中撲面而來，祥宜摀住鼻口，往洞內走。石洞照不到陽光，空氣有點潮濕，洞壁上插著火炬勉強把洞內照亮一些。

洞內竟然沒有把守的天兵，祥宜有點訝異，但還是壓低聲音叫道：「默哥哥！默哥哥！」石洞又深又高，祥宜的話在洞內迴盪著。

「是誰？」祁默的聲音從石洞的一端傳來。祁默慢慢地從暗處走出。在火炬的光下，祁默的身影被拉得很長。

祥宜看見祁默，忍不住奔上前，但還是在祁默跟前止住腳步。她欲滴下的淚水在眼中盤旋。

「祥宜！你怎麼會在這裡？」祁默一臉詫異地快步上前，輕輕握住祥宜的肩。

祥宜此刻在祁默面前，將之前假裝的堅強和勇敢都卸下，眼淚潰堤落下。

祁默帶祥宜到洞內一角，兩人坐在的石頭凳子上，靜靜地等待祥宜平靜下來。

祁默告訴祥宜，天兵奉命把他帶到下仙山，但可能基於魔界皇族的身份，天兵一路上都是以禮相待，沒有為難他。

祥宜告訴祁默大婚當日，沢治意外和翼虎一同被鎖妖塔收了，也敘述了她、天后、母妃和眾仙眷徒步到北部的經過。祥宜接著告訴祁默她在北部時，從中天發回來的報告，祁默聽著，眉頭緊蹙。

「默哥哥，我以為再也見不到你了！」祥宜低頭看著自己的手，不敢直視祁默，兩滴眼淚不爭氣地落在手上，她抬手抹掉臉上的淚。

祁默兩眼望著洞口處，深深嘆了一聲。半晌，他說：「祥宜，如果我說，我對這場戰事毫不知情，你相信嗎？」

祥宜猛抬頭，用她那雙水靈的眼睛看著祁默，堅定地說：「相信！」

祁默轉頭，看著祥宜，乾笑地說：「小傻瓜。我一個魔界皇子，怎麼可能脫得了干係。」說罷，又嘆了聲氣。

祁默淡淡地說：「台也育這麼多年來，對天界統治魔界頗有怨言，一再唆使父君奪回三界權威。但父君對統領三界沒有野心，一再壓制他，沒想到，還是走到今日這樣的局面。」他不自覺地握緊雙拳，手指發白。

洞外的天兵午睡醒來後，一名天兵從鍋裡盛了一碗粥水，走進洞裡。天兵看到祥宜，有點納悶，不知哪裡冒出一個仙娥。祥宜笑了笑，福了福身，說：「有勞了。」順手就把碗接過。天兵撓了撓腦袋，又走出洞。

祥宜攪了攪薄薄的粥水，抿著嘴，遞給祁默。祁默默不出聲，一口喝淨。

祥宜從祁默手裡接過碗，走出山洞，想著如何改善祁默的飲食。

為了防止議論，祥宜讓祁默喚她為「小宜」。祥宜自小足不出戶，所以也沒有人能把她認出來，就全當是天界派來看顧祁默的仙娥。

祥宜在山洞附近找到一間空置的石屋，大略打掃一番，暫時當成自己的住處。

下仙山住的大多是遠古時代，天神點化的植物、石頭，都是經年累月，吸收了日月精華後，才有了七情六欲和仙壽，成了仙家。但這些下仙山的仙家們和天神繁衍的後代相比，靈力、道行都比較弱，所以大多都在天界各宮殿任宮娥、侍從等差事，還有一些從軍當天兵。天界多年無戰事，當兵其實是穩紮穩打的一門美差，無奈此刻這些天兵天將，卻要肩負維護天界這麼龐大的責任，這是大家所料不及的。

押送祁默來下仙山的六個天兵也是來自下仙山的。雖然是自己的故里，可是士兵們並沒有擅自離開山洞回家。他們在下仙山的親眷知道他們回來，幾日裡都來到山洞外探望，隨手帶些吃食。幾日後，祥宜、祁默和這些天兵都非常熟絡了。

一個叫茉寶的天兵和祥宜最是談得來，他的老家就在山洞附近。萊寶聽祥宜說這是她第一次來下仙山，便遊說幾個天兵一塊帶著祁默和祥宜到山上去玩。雖然這些天兵負責押送祁默來下仙山，可是上頭吩咐得很含糊，所以他們一致認為，只要好好看著祁默，做什麼也無妨。再說，反正祁默天界去不得，魔界也歸不去。

一幫天兵，一個魔界皇子，一位天界公主在下仙山玩得不亦樂乎，彷彿天魔大戰是已經距離大家很遙遠的一件事。

沒有了天界的規矩束縛，祥宜輕鬆自在，祁默覺得祥宜變了一個人似的，不像當初在天界見面時，總是半遮著臉、羞答答地低聲細語說話，讓人覺得在她身邊要小心翼翼，倍感壓抑。他更欣賞現在的祥宜，天真與爛漫都自然地流露，笑起來也真誠、動人。

第廿九章 也育不降祁連愧

魔界，距离赤齊宮一里。

魔界沒有黑夜與白天之分，只有一片灰濛蒙的天空。青色金邊的令旗在茫然的上空中飄動。以祺皇子为首的天兵，自撬開處直奔向赤齐宫。金鼓急急鳴起，震懾魔界。

祁蘊和他的幕僚堅信天界不會貿然繞過凡界來到魔界。畢竟天界一向護佑凡界，不可能會做出傷害凡界的事。但祁蘊萬萬沒有想到，天界在與魔界的戰爭中竟被逼得能做出這樣的決定。

魔軍主要兵力都撥出攻打天界南天門，餘下的是少於一千護衛宮殿的魔兵。天兵到來時，魔兵出來迎戰。領導迎敵的是初奪君位的祁蘊，在毫無戒備的狀況下又缺乏作戰經驗，他直徑讓魔兵往前抗敵。魔兵領命奮勇向前衝殺。

祺皇子勒令放箭，一排排金羽箭均落在魔兵腳下，彷彿形成一道道界線，把魔兵和天兵劃分開來。魔兵失驚，頓時刹住腳步，一時不知是該衝還是停。

祺皇子坐在坐騎，金火麒麟上，大聲喝到：「天界兵力已到，莫要再打了！」

魔兵你看我，我看你，驚慌下不知所措。

祺皇子抬起手，指著金羽箭處道：「願降者，棄兵器，越過此處！」

一些魔兵轉頭看向祁蘊。

祁蘊手持一把大刀，挺直身軀，一雙一向傲世的眼睛，露出了些許倉皇，不斷地左右探視。在最前線的魔兵眼看強敵在前，再攻也是徒然，見勢，一些帶頭扔了手上的兵器，跳過金羽箭，成了降軍。不到一刻，只剩下一些護衛還留守祁蘊身邊。

祁蘊和所剩無幾的護衛被逼到赤齊宮門前。

二十位護衛圍著祁蘊，把他維護在中央。祁蘊本來一頭好看的辮子，此時已散落，蓬鬆紅髮披在他的肩上，讓他看起來有點狼狽。

祺皇子驅著坐騎向前，高舉左手，天兵戰鼓瞬間停息。

「祁蘊，投降吧！」祺皇子道。

「哼！梁祺，你想我投降，不可能的事！」祁蘊霸氣地高聲喊道。

祺皇子從坐騎躍下，拍了拍金火麒麟的背，麒麟聽話地向後方挪了幾步。

祺皇子隻身走向祁蘊，在距離祁蘊護衛二十步前停下。

「你把人撤了吧。魔軍在南天處已損傷不少，你放過他們吧。」祺皇子用淡淡的語氣說道。

護衛們互相看了一眼，又看了看眼前這位天界三殿下，心裡各自盤算自己的忠誠度還剩多少。

祁蘊眼角瞄到護衛的遊移，喊道：「你們敢移，我就馬上砍死你！」

經他怎麼一說，護衛們僅有的堅持完全瓦解，二十個護衛快閃到一旁。祁蘊被瞬間的背棄，激怒，大刀向右邊的護衛砍去，一個護衛閃避不及，一個胳膊被活生生切斷。

「啪」一聲，鞭子卷住祁蘊的刀柄，祺皇子使力一抽，把祁蘊的武器疾速卸下。鞭子抽回那剎那，掠過祁蘊的右臉頰，留下一道血痕。

祁蘊嘶吼一聲，手按著臉，鮮血從指縫間涔出。

一條金色繩索擲出，把祁蘊緊緊地捆綁。

◎

魔界，遠梟宮。

祁蘊此次的發難，策劃非常周密。祁蘊把自己的父親，母親和二弟分別軟禁在宮中。魔君的親信則被台也育帶領的魔軍扣住，三皇子祁默「恰好」前往天界參加天帝嫁女的婚宴，一下子無人接濟。魔君祁連被關在遠梟宮，祁蘊以其母妃和二弟的性命要挾自己的父君。祁連素來知道嫡子祁蘊一向行事狠辣，但沒想到他竟不顧親情，和台也育合謀造反，當下悔恨自己沒有約束台也育的兵權。

祁連被軟禁在宮內，對外界發生的事全不知曉。

守著遠梟宮的魔軍守衛，看到天兵已經殺到遠梟宮前，一時亂了陣腳。一個帶頭的魔兵慌忙開了遠梟宮宮門的鎖。宮門一開，祁連從內奔出，恰巧迎上祺皇子領兵殺到。

「祺兒，慢！」祁連舉手向祺皇子示意。

祺皇子勒住坐騎，從坐騎上翻下。

祁連號令：「眾魔兵聽令，立即退下！」

本來聽令魔界大皇子的守衛兵，經魔君一吼，被震懾住，乖乖撤到祁連身後。

祺皇子走到祁連跟前，不過手上的兵刃沒有放下，顯然還存有些戒備之心。

「祺兒，現在戰事如何了？」祁連憂心地問。

祺皇子顯然已經看到祁連之前是被囚禁起來的，心想或許他本身沒有參與現在的戰事。

「祁蘊已被我軍擒住。台也育率軍攻打南天，我們要反上從後方突圍。」祺皇子簡明扼要地匯報了現在的情況。

祁連勒令放了被台也育扣住的親信，整頓一番後，和祺皇子商討備戰。雖然這次發動戰爭的是魔界中人，可是軍隊也是在台也育的指揮下行動，為了避免再繼續增加傷亡，祁連主動請纓，要獨戰台也育。

白花鶴被招來，把戰報速速派發給天界。

祺皇子率兵追往天界南天方向。祁連騎著坐騎尾隨。

⚙

天界，南天。

台也育剛趁著夜色又發動一番戰事，把一批夜行的靈獸放出，黃旗天兵和魔軍又展開另一場廝殺。台也育觀望前線魔軍和天兵的搏鬥，思量怎麼突破這場戰役。

突然，一陣喧天金鼓從魔軍後方傳來，台也育轉身，驚覺魔軍後方竟有天兵突擊。持青旗的祺皇子帶著天兵，很快就把措手不及的魔軍殺出一圍。從後跟上的祁連馳著坐騎鬣獸，站在天兵之前。魔君站在天兵陣營前和自己的軍隊統領對立，形成一個諷刺的畫面。

台也育怒目地注視著魔君祁連，喊：「你竟與天兵一起攻打魔軍，你愧對魔界！」

祁連毫無畏懼地直視台也育說：「當年天魔大戰，多少魔將、子兵喪失在戰中。你現在挑起這場戰事，不顧魔界子民生死，難到，就不愧對魔界嗎？」

「你懦弱無能，愧為煉伏魔帝之子！你願跪倒在天界之下，我不能！」台也育說罷，拔出腰間一條鐵鍊。他屈指催動法力，鐵鍊從細變粗，鐵鍊連接處長出長長的尖刺。

祁連左手喚出雷杖，勒住轠繩，鬣獸一躍而上，祁連向下，對台也育發出第一波雷擊。轟隆巨響下，南天一處閃閃雷光瞬間亮了起來。畏光的夜行靈獸，低聲嘶吼，不得不哆嗦退後，天兵見機狠狠向魔軍劈了上來，一陣陣廝殺聲又從新崛起。

台也育勒住坐騎黑豹的轠繩，閃開了第一波雷。他深知雷杖的威力，不敢輕敵，使力揮出鐵鍊朝鬣獸打去。

鐵鍊的尖刺狠狠地刮下鬣獸下腹一塊肉，頓時鮮血淋漓，鬣獸「嗷」一聲，前蹄亂踢。祁連拉緊轠繩，從鬣獸身上翻下。

長長的鐵鍊向祁連揮出，祁連機警地跳開，同時雷杖發出一波雷光。台也育抽回鐵鍊，鐵鍊在地上刮擦出刺耳的聲音，讓人不禁打了冷顫。台也育閃過第二道雷，又迅速擲出鐵鍊。鐵鍊衝向祁連的頭，祁連連忙向後翻，避過鐵鍊。他讓鐵鍊的尖刺鉤住雷杖，台也育察覺鐵鍊一端有阻力，直覺地把鐵鍊抽回。就在這千鈞一把的時刻，祁連催動法力，雷杖發出第三波雷電，祁連持雷杖的手一鬆，鐵鍊和雷杖一時間被台也育一併收回。

強大的雷電迅速地從雷杖傳到鐵鍊，台也育還沒來得及反應，撕裂的疼痛已遍布全身，他兩眼突出，張嘴吸氣，然後僵硬地往後倒下。

❀

天界，天壽宮。

祁連兩掌撐著地，低著頭，跪在天壽宮中央。眾天界閣老議論紛紛。天魔一戰，雖然天界勝，但雙方也損兵折將，沒有人是這場戰爭真正的優勝者。

祁連此刻正眉頭深鎖，自己的兒子捅出這樣大的一個簍子，他也不知道要怎麼收拾。雖然戰爭並不是他發起的，但帥眾攻打天界的人是他的嫡子，這個責任實在難推其咎。

天帝蹙著眉。眾仙官議論紛紛，天壽宮似乎變成了鬧場。

天帝依舊不發話。

祁連抬頭，眼中的淡淡無光，說：「天帝！臣教子無方，釀此大禍，我願為魔界代受責罰，請天帝降罪。」天壽宮內，一下子鴉雀無聲，眾人仰望著天帝，待他發話。

天帝四道旨意下來。

被雷電擊中後被生擒的台也育，謀反罪成立，罪不可赦，判立即斬於斬妖台。

魔界大皇子意圖謀反，判廢其法力，放逐凡間一千年，以示懲戒。

祁連管理魔界失職，導致叛軍得逞，促成大戰，命退位。

三月後，由魔界三皇子，祁默，接任魔界君主大位。

第卅章 再披嫁衣新魔后

天界戰後天帝下令進行修復和整頓。臨夕公主和陸清黎亂中從通凡境跌入凡間一事終於有仙家上奏天帝。從通凡境入凡間的渠道，出現的時間和地點瞬間變化，若要下到一個特定的定點和時間，就要由上仙，如太烏仙人驅動通凡境的機關。像臨夕和陸清黎這樣跌入凡間，天界一概無法知道他們身在凡間何處，因此所有人都急得團團轉。想要派天使、天兵下凡找，但凡間那麼大，也不知如何下手。

司命院向各個地仙發出通知，尋找臨夕和陸清黎的行踪。小個子地仙收到文書後才驚覺天界要找的臨夕和陸清黎大有來頭，先是咂舌目呆，再來一臉惶恐，想起之前對臨夕的毫無忌憚，甚至有點恣意忘行之嫌，不禁汗顏。他連忙書寫文書把陸清黎和臨夕的所在位置報告天庭。

兩個月後，司命院裡，司命們終於在從凡間發來堆積如山的文書中，找到小個子地仙發來的文書，祺皇子和一干仙使才急急忙忙下凡到李海尋找臨夕和陸清黎。祺皇子下凡後，宣見小個子地仙，小個子不敢怠慢，火急火燎，領了祺皇子和眾仙使找到陸清黎和臨夕。

臨夕和陸清黎劫後餘生，隨一眾天仙浩浩蕩蕩回返天界。

兩個月後，天帝宣即將退位的魔君上天界商討修復凡間和魔界的邊界一事。由於那日強行撬開魔界通路，魔界的瘴氣洩漏至凡間，必須盡快修復。

議事後，魔君祁連從天壽宮走出。一個仙娥迎來，規矩地行了禮，說：「魔君，秀麗軒，涵天妃有請。」

祁連臉上看不出有什麼反應，點了點頭，跟著仙娥走。

來到秀麗軒，祁連遠遠就瞧見涵天妃站在石橋上。這個背影，在他夢裡經常看到，感覺既熟悉又陌生，祁連背著手，慢慢移步到橋的一端。蓮蓬池的池水竟已乾涸，泥地龜裂，長長深深的裂痕佈滿整個池地，枯死的蓮花萎縮成一條條黑繩，無力地躺在裂縫中。

「夢蓮。」祁連輕聲叫道。

涵天妃轉頭過來，和祁連四目交接。

涵天妃低下眼，微微福身，說：「魔君。」

她抬起手，仙娥扶著她到亭子裡坐下。祁連跟著踏入亭子裡。

涵天妃揮手示意仙娥退下。

祁連看著涵天妃的側臉，嬌顏依舊，但眉目間的憂慮卻明顯。他想伸手撫平那微蹙的眉，卻知兩人的身份已經不適合那麼做了。

涵天妃指了指蓮池，幽幽地說：「終於見識了琉璃火的威力。這麼大的一個池也給燒盡了。」

等了半晌，祁連都沒有回話。「夢蓮，你過得還好嗎？」祁連問。

涵天妃低下頭，帶著冷笑地說：「這麼多年沒見，你只想知道我過得好嗎？你沒有上來天界，也該有人同你說。」

頓了頓，涵天妃接著說：「天帝這般寵愛我，你看，這麼大的蓮池就是天帝特地為我造的。你應該感到欣慰，你的安排十分妥當。」

祁連聽出了她語氣中的幾分嘲諷。他望向天際，無語。

涵天妃呼了一口氣，說：「天帝讓我來和你商量一件事。」

祁連眼睛閃了閃，說：「什麼事，你儘管說吧。」

涵天妃說：「聯姻。」

祁連揚了揚眉，不解地問：「聯姻？」

涵天妃嘆了一口氣，說：「想當年，戰後，也是因為『聯姻』，你才把我嫁來此地。說起來也是可笑，這麼多年過去了，又要用同一個法子來善後。」

祁連輕聲說：「當年，是我負了你，夢蓮。」

涵天妃挺直了背，抬頭看向遠方，說：「天帝的意思是在祁默登上魔君之位後，讓祥宜嫁給祁默。」

祁連沒有答話。

涵天妃別過頭，接著說：「祥宜心儀祁默，自是願意的。祁默是個好孩子，我知道他會善待她。」

祁連沉默，沒有答話。

涵天妃接著說：「我們之間，總要有人幸福。那便足夠了。」

涵天妃喚來仙娥，示意兩人的談話結束了。涵天妃適當地對祁連俯了俯身，讓仙娥送客，卻不願再直視祁連。待祁連步下石橋，涵天妃才轉頭看著祁連的背影，沒人看出她心裡的澎湃，鼻尖一陣酸澀。

天界，四個月後。

大大的圓月掛在天際，月光銀輝照亮了整個天界。

秀麗軒外，禮樂奏起歡快奏章。

二度披嫁衣的祥宜，這次心情和上次比較，卻是截然不同。新娘子一身墨黑，金邊鳳褂裙，端坐在秀麗軒內殿。戴上金燦燦的鳳冠，祥宜稱心如意地對著鏡子笑笑，一張大大的黃色喜帕蓋上來，她對這一身出嫁妝容非常滿意。今天，她終於夢寐以求地嫁給祁默，當今的魔界新君。

吉時到，秀麗軒大殿，新嫁娘俯身磕頭，拜別天帝，天后和涵天妃。

黑色的鑾轎子前由一隻三個頭的長毛獅犬拉著，帶著魔界新后回魔界。

第卅一 兩情纏綣仙凡間

天界和魔界在兩界聯姻之下，關係已算逐漸緩和。

不久，閣內仙官紛紛奏請天帝為齊楠公和臨夕公主辦婚禮。一來，這個婚禮在戰前本來就在籌辦中。二來，戰後，天界一度氣氛頹廢不佳，雖然祥宜公主出嫁已是喜事一樁，但眾仙還想藉天帝嫡女出嫁，把天界再熱鬧一番。天帝大悅，大表贊同，婚禮在兩個月後，隆重地舉行。

⊛

璧霄殿內殿人頭攢動。新嫁娘，天界嫡公主，臨夕，一身紅金長擺褂，端坐在室內。臨夕的貼身侍女，素禾，笑盈盈地給臨夕整理紅褂，慌忙中又踩到褂上，把自己給絆倒，臨夕大笑，反而引得滿屋子的侍女更慌張。

送嫁的彩禮一排排立在正殿前，涵天妃拿著簿子，鎖著眉，認真地給彩禮做最後的核算。祥宜由於害喜得厲害，沒有上天界為臨夕送嫁，特地讓魔君，祁默，送來一顆黑凝珠作為賀禮。如一個頭顱大的黑凝珠，被一整盤盛開著的白牡丹托著，更凸顯它潤滑，璀璨的光澤。

吉時將即，殿外奏起禮樂，峨峨洋洋的旋律繚繞整個璧霄殿，氣氛更加歡騰。

雍容華貴的天后為臨夕戴上禮冠。金燦燦的禮冠上祥龍雕飾何其精緻，龍睛點上紫晶，龍嘴含著一顆夜明珠，冠身嵌上大大小小的紅藍寶石和琉璃。臨夕覺得脖子沉了一沉，心裡嘀咕戴著這麼重的冠，要怎麼撐上一天的繁瑣禮節。最後的點綴就是別上彩雲附日簪子。臨夕抬手碰了碰簪子，望著鏡子前的自己，淡淡一笑。精緻的妝容把她的容顏襯托得更是嬌媚，她想著自己的夫婿，不知他喜不喜歡這樣的裝扮，不禁臉又一陣紅暈。

陽正樓內殿，紅金雲絲垂掛在內殿的樑上，底下繫著拇指大的明珠，格外靡麗。

披著一身紅金褂的臨夕端坐在榻上。臨夕聽著殿外傳來陣陣喜樂和賓客的說笑聲，她悄悄掀起喜帕，看到內殿裡燭光搖曳。祥宜送來的賀禮，黑凝珠，在燭光下瑩瑩亮著。

臨夕想起在李海漁村的那場婚禮，雖然規模和這場天界盛典，無可媲美，但意境和心情卻相似，不禁莞爾一笑。

過了不知多久，有人開了門，又把門掩上。臨夕隔著喜帕，低著頭，看著榻下自己的繡鞋邊多了一對腳，不禁嘻嘻地笑出聲，掀起喜帕，看到身穿紅色馬褂的陸清黎，自己的臉又不禁一陣紅暈。

「夕兒。」陸清黎俯身，兩指架起臨夕的下巴，注視著他的新娘子。

臨夕伸手抓了陸清黎的手，把臉枕在掌中，輕聲道：「黎哥哥。」

陸清黎反手拉了臨夕的手，說：「走，帶你去個地方。」

臨夕讓陸清黎牽著她的手，從房門走出。門外的侍者，看著一對新人攜手步出房門，不禁愣了一下，陸清黎揮揮手，示意他們退下，侍者互相看了一眼，識趣地走開。陸清黎帶著臨夕穿過長廊，繞到後方，避開了正殿人們的視線。

一對儷人在月色下，來到素霄花海邊。所幸，天魔大戰的琉璃火沒有波及到這裡，否則這般美景被燒毀，甚是可惜。

赤子樹在他們經歷凡間的期間已經長成一顆大樹，樹枝在微風中婆娑搖曳。大樹的旁邊有一間小木屋，面積和結構竟和李海漁村的小屋有七分相似。小屋左右兩排蒲葦，迎著風搖擺。臨夕半掩著嘴，訝異不已。

陸清黎笑笑，指著蒲葦說：「這從凡間取來的蒲葦，不知怎麼的，一植入仙界的土壤，顏色就從原來的銀白變成金色了。」

臨夕走到蒲葦間，用手撥開蒲葦開心地笑。陸清黎彷彿又看見伏懿山上那個抱著小鹿的女孩，他嘴角泛起笑意。

陸清黎往蒲葦旁的小屋走去，向臨夕招了招手。他推開小屋的門，臨夕走進屋內，轉了一圈。屋內的陳設和他們李海漁村的小屋一樣，就連窗前的小花布窗簾也是一樣的。唯一不一樣的是，窗外的風景並不是鄰家曬在屋頂上的海菜、鹹魚，而是粉色的素霄花海。

「喜歡嗎？」陸清黎望著臨夕問。臨夕感動得幾乎落淚，李海漁村是她和陸清黎感情的見證，她顫抖著雙唇，看著陸清黎，半晌說不出話來。她把頭靠在陸清黎的肩上，雙手環抱陸清黎，幸福洋溢在兩人之間。

翌日，清晨。

了衣子端來一個碗，放在桌上，說：「夫人，您的湯藥。」然後退到殿外。

陸清黎半倚窗前，手握著書，心無旁騖地讀著書，沒有作聲。

臨夕端起碗，喝了一口，側著臉，微皺著眉頭，抿了抿嘴，問：「黎哥哥，今天的藥，怎麼味道不一樣？」

陸清黎抬眸，說：「喝出來了？」

臨夕點點頭，還是把湯水喝盡，接著說：「嗯，今天的藥顏色和之前的一樣，但卻沒有花香，有一點柴味，後面還有一點辣味。」說罷，把碗擱在桌上，拿了帕子擦嘴。

陸清黎放下手中的書，仰頭略想，點點頭：「對。」

臨夕拉著陸清黎的手問：「為什麼換了湯藥，我是病了嗎？我沒不舒服呀。」

陸清黎笑笑，從新拾起書來讀，淡淡地說：「以前的湯藥是避孕用的，這個是助孕用的，自然不同。」

臨夕瞪大眼睛，說：「什麼避孕，助孕？」再想了想，天啊，想到被自己的夫君算計那麼久，竟渾然不知，頓時紅透了臉。

陸清黎眼角看著臨夕的反應，感覺有點滑稽，無奈地放下書，習慣性地拉了臨夕入懷裡。他拍了怕臨夕的頭說：「我就怕你胡思亂想，所以沒告訴你。你想想，你是天帝嫡女，本來就嬌貴，我們在凡間成了親不說，如果回來時，還抱個娃上來，你不是要被天界議論上好多年，所以就不讓你懷上。現在我們在天界也成了親，就不避忌了。」

臨夕揪著陸清黎的袖子，嘟著嘴，覺得好氣又好笑。

陸清黎笑笑，捧著臨夕的臉，在嘟著的嘴親了一下，臨夕反咬了陸清黎的唇，陸清黎痛得摀住嘴。臨夕被逗笑了，扁著嘴，垂了垂陸清黎的胸。陸清黎搖了搖頭，俯身一抱，臨夕被打橫抱起，直接送入內室。

後記

天魔一場戰事，把天兵部署的問題和神器不精之處暴露無疑，天帝戰後下令整頓，此時，更是需要人才的時候。

司命閣，方少司向上推荐一凡人，此人便是在凡間，搶在天兵之前製服蛇妖的岑福。鑑於神器閣多年未曾輸入新血，無法突破技藝，天帝馬上同意。

岑福結束人壽後，被火急火速地送到天界，神器閣中復命。除了和神器閣中的同仁切磋技藝，還參與一個比較棘手的案子。這燙手的事，便是解救被鎖在鎖妖塔裡的顯武公，沢治。即便集合岑福和眾人的力量，也花上三個天年，沢治才重見天日。

沢治在鎖妖塔內，時間像被停止了，出來後，驚覺已過了這麼長時間。沢治身體雖未受重創，但如今，人事已非，戰事已結束，未過門的妻子也已嫁於他人，現在的身份頓時變得有些尷尬。

天帝對沢治也略感愧疚。一段日子後，天帝做主，收了魔界二公主為義女，並賜婚把這位義女指給沢治。二公主外貌出眾，性格活潑，和沢治婚後，兩人相處融洽，修得琴瑟之好，也成就了天界的一段佳話。

不久後，為了更有效率地管理凡間，多次下凡執行任務的方元，方少司，獲任凡間地仙總司。這個新設的職位，主要負責凡間地仙的仙籍和分類凡間上交給天界的文書。這是為了能更快速地處理凡間緊急事件。

方總司攜侍者錦柯再次來到凡間，這次卻是長期駐留。

方總司在凡間一年後，收到天界捎來的函件，來函者，竟是位故人，臨夕公主。

凡間。

這是一個無風的夏天夜裡，知了長鳴，「吱吱」聲充斥整個庭院。

陸清黎和臨夕隱著身，安坐在一個大宅，庭院中央的亭子裡。

前方的屋裡燈火通明，端熱水和取物件的僕人和婆子，忙進忙出的。雖然人多，卻不見他們有任何交際或嘻笑，大家都神情嚴肅，精神緊張。

屋前，一名穿著錦袍的年輕男子，背著手，微蹙著眉，在屋前踱步，越是努力想看似漫不經心，越是看得出，他在焦急著屋內的人。

過了不知多久，屋內傳來一陣強而有力的嬰孩啼哭聲。

陸清黎和臨夕相覷而笑。

穩婆探出頭來，額頭上還集著汗水，大聲說道：「是個少爺！」

僕人齊聲恭賀道：「恭喜侯爺，恭喜夫人，喜獲麟兒！」

年輕侯爺笑開顏，說：「賞！」眾人歡天喜地，連忙道謝。

他走到門前，問：「夫人如何？」

穩婆哈著腰，答：「回侯爺，夫人一切安好，只是耗了多時才生下少爺，有點累。」

侯爺聽了，眉頭微蹙，眼睛向屋內探了探。

穩婆識趣，哈著腰討好地說：「容咱們給夫人梳洗一下，回頭再報侯爺。」

年輕侯爺，依舊背著手，點了點頭。

庭院中央的亭子裡。

陸清黎站起來，拉著臨夕的手，說：「回吧？」

臨夕望向前方，猶豫著。

「想再看一眼小個子地仙？」陸清黎問。

臨夕想想，反正現在再見小個子地仙，他也不會認得自己，便作罷。只要看到他平安再為人，她的心便安樂了。

新加坡國家圖書館出版品預行編目（CIP）資料

National Library Board, Singapore Cataloguing in Publication Data
Name(s): 旭义公子 .
Title: 缘定黎夕 / 作者 旭义公子 .
Other Title(s): 文学岛语 ; 008.
Description: Singapore : 新文潮出版社 , [2022] | Author's original name: " 钟秀玲 ". | Text written in traditional Chinese scripts.
Identifier(s): ISBN 978-981-18-3444-8 (Paperback)
Subject(s): LCSH: Singaporean fiction (Chinese)
Classification: DDC S895.13 --dc23

文學島語 008

緣定黎夕

作　　者　旭義公子
總　　編　汪來昇
責任編輯　洪均榮
美術編輯　陳文慧
校　　對　鍾秀玲　洪均榮　歐筱佩
出　　版　新文潮出版社私人有限公司
　　　　　TrendLit Publishing Private Limited (Singapore)
電　　郵　contact@trendlitpublishing.com

中港台發行　秀威資訊科技股份有限公司

新馬發行　新文潮出版社私人有限公司
地　　址　366A Tanjong Katong Road, Singapore 437124
電　　話　(+65) 6980-5638
網路書店　https://www.seabreezebooks.com.sg

出版日期　2022 年 5 月
定　　價　SGD 26 ／ NTD 400

建議分類　仙俠小說、新加坡文學、流行文學

Copyright © 2022 Kelly Chong Siew Ling（鍾秀玲）
All Rights Reserved. Printed in Taiwan.

版權所有 · 翻印必究

購買時，如本書如有破損、缺頁或裝訂錯誤，可寄回本社更換。未經書面向出版社獲取同意者，嚴禁通過任何方式重製、傳播本著作物之一切內容，包括電子方式、實體方式、錄音、翻印，或透過任何資訊檔案上下載等。

一天，怎知從夢中醒來時，忽有靈感，眼前浮現的是「陸家大殿下在窗前讀書」場景，開啟筆電後，就開始寫下《緣定黎夕》的第一章。故事斷斷續續地寫了接近半之久。間中「打仗」幾章尤其花時間，寫了又刪掉的文字不少。本來只是為了消磨時間，抱著好玩的心態塗塗寫寫，孰不知，轉眼間便累積了近十萬字。

文中藥草名稱、藥效，多屬虛構，和仙人所施的仙術一樣，皆為憑空想像，可能是對當下疫情帶給自己生活上的改變，一心想要「逃離現實」的作用。

而後，打算把《緣定黎夕》出版成實體書則是於二〇二一年歲末時的靈機一動。一路下來，得感謝家人和友人給予的鼓勵——我抱著忐忑的心，嘗試當一個小白作家，完成一個屬於自己的夢想。

疫情居家的日子裡，除了辦公、買書看書、找外賣、追追劇、逛網購平台和家裡那位拌拌嘴外，寫寫文章成為了日常的小樂趣。心裡期盼著疫情早日有轉機，我們的日子可以回歸如初，但不知會不會又懷念這段宅在家裡的日子，有時，人真的很「犯賤」。

跋　深居簡出疫情時◎旭義公子

二〇一九年初，加入新公司。本來應是頻繁出差，積極開發市場的生涯，在多個城市裡拜訪客戶，忙得暈頭轉向的，卻在二〇二〇年初，冠病來襲時，行程被迫突然停頓了。不出差的日子裡，開始研究怎麼把視頻會議做好——比如，怎麼在自編自導、自演自唱的情況下，又要表現得自在，笑盈盈地親和力十足，還要在鏡頭前，注意角度的問題，使一張圓臉看起來不會更圓。

暫時用不著的行李箱被推進儲藏室，不一會功夫，便覆上了一層薄灰。這一路累積的飛行里程，只能暫時留在紙上，調侃著何時才能再兌換成一次免費飛機票去旅行。不用出差的日子裡，忽然騰出了許多時間。不需再要策劃行程，換外幣，出差前點算示範樣本／商品，彩排微軟簡報的流程，以及給洗漱包添小瓶裝等。更沒有了躺在陌生的酒店床上輾轉難眠，想著家裡那一位是不是躺在家裡的床上刷手機的時候。

◆終◆